어른들을 위한 동화
나를 찾아 떠나는 여행

어른들을 위한 동화

나를 찾아 떠나는 여행

초판 1쇄 인쇄_ 2023년 8월 20일 | 초판 1쇄 발행_ 2023년 8월 25일
지은이_김종문 | 표지 그림_이미애 | 펴낸이_진성옥 외 1인 | 펴낸곳_올댓북
디자인_윤영화
주소_서울시 용산구 한강대로 76길 11-12 5층 501호
전화_02)2681-2832 | 팩스_02)943-0935 | 출판등록_제2016-000036호
E-mail_ jinsungok@empas.com
ISBN_979-11-6186-137-1 03810
※ 책 값은 뒤표지에 있습니다.
※ 꿈과희망는 도서출판 새론북스의 계열사입니다.
ⒸPrinted in Korea. | ※ 잘못된 책은 바꾸어 드립니다.

나를 찾아 떠나는 여행

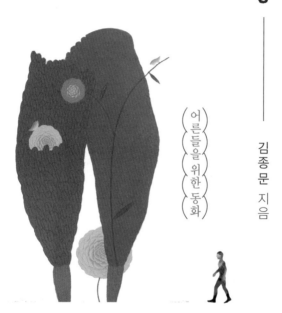

어른들을 위한 동화

김종문 지음

올댓 book

어느 드라마에 아주 인상 깊은 장면이 하나 있었다. 사내 동호회 이름이 '해방클럽'이었다. 그들이 첫 모임을 하는데 테이블을 가운데 두고 마주 보고 앉아있는 컷이 아니라 1미터 정도 간격을 두고 나란히 앉아서였다. 얼굴을 정면으로 보지 않아도 되는 그 장면에서 난 안도와 위로가 느껴졌다.

세상은 여전히 만만찮고 낯설다. 무한경쟁이라는 말을 들을 때마다 숨이 막힌다. 끝없이 경쟁하고 끝없이 도전해야 한다고 저마다 채찍질한다. 쉬어도 뭔가 하지 않으면 불안하다.

오늘도 우린 경주마처럼 앞만 보고 달린다. 낙오는 곧 버림이다. 무한이라는 말처럼 그 끝은 없다. 목표를 향해 앞만 보고 뛰어가는 사람을 흔히 경쟁력 있는 사람이라고 추앙한다.

앞서가는 사람은 자신보다 더 앞서가는 사람을 보며 조바심을 느끼고, 뒤처진 사람은 앞서가는 사람을 보며 좌절한다. 경쟁이라는 사각의 링 위에서 상대방에게 전하는 작은 미소가 격려의 손길이 아니라 비웃음으로 여기고 날쌘 눈빛을 보낼 때면 가슴이 아리다.

동화만큼 마음을 따뜻하게 해 주는 책도 없다. 그러나 필자가 쓴 동화는 아름답지 않다. 동화의 형식을 빌렸지만, 콩트라고도 할 수 있다.

큰 메시지를 전하며 독자를 가르칠 의도도 없다. 사람을 있는 그대로 그 사람 자체로 존중해 주면 좋겠다. 한 사람은 곧 하나의 세상이라고 하지 않던가? 나도 너도

Best는 아닐지라도 Only한 존재다. 이 글은 현재의 나를 인정하고 존중하고 응원하는 마음에서 시작했다. 부족하지만, 그냥 "이렇게 생각하는 사람이 있구나." 하며 가볍게 읽혔으면 좋겠다.

세상에는 높이 솟으려는 나무가 너무너무 많다. 다만 그 틈바구니에서 힘겹게 호흡하며 나름대로 질긴 생명을 이어가고 있는 풀과 나무도 있다는 것을 기억해 주면 좋겠다.

정의와 도덕은 시대와 환경에 따라 변해왔다. 도덕적 압제, 경제적 압력, 권위적 위압으로부터 나를 외치는 건 어렵다. 그래도 묵묵히 자신의 삶을 살아가는 이름 모를 다양한 풀과 나무가 많아야 숲이 되는 것처럼 이 책도 주위에서 흔히 볼 수 있는 풀이고 나무가 되길 바란다.

끝으로 평범한 직장인의 묻혀질 수도 있는 졸고를 출판해 주신 꿈과희망에게 깊이 감사드린다.

참 오랜만에 책을 낸다. 글을 쓴다는 건 하고 싶은 이야기가 있기 때문이다. 잘 썼다기보다는 이것은 이것대로, 저것은 저것대로 존재하듯 다양성 측면에서 봐주치면 좋겠다. 의미를 부여하기보다 그냥 편하게 읽으시면 좋겠다.

저자 김종문

차례

프롤로그   05

제 1부 —— **스타, 가까이하기엔 먼 당신**

토끼와 거북이 —— 15
압정의 최후 —— 26
일회용 라이터의 특별 기고문 —— 38
스타, 가까이하기엔 먼 당신 —— 44
넌 바람, 난 눈물 —— 49
종이컵은 슬프다 —— 56
파리 목숨 —— 62
그녀가 사라졌다 —— 71
칭찬은 곰도 힘들게 한다 —— 76
세상의 반쪽, 나 세모 —— 86
순정 —— 90
빡 친 쓰레기통 —— 99

제 2 부 ── 멸치 날다

"카더라" 전성시대 ── 107

불독의 꿈 ── 114

호랑이 밥 ── 123

난, 그렇게 버려졌다 ── 137

멸치 날다 ── 148

위험한 공범 ── 154

강한 자가 살아남고, 살아남은 자가 아름답다고요? ── 171

최 씨네 공구함 ── 183

착각이라 행복했다 ── 194

놋그릇은 왜 쌀통으로 들어갔을까? ── 202

고등 생명체 ── 216

우리는 단지 읍내를 구경하고 싶었을 뿐이었다 ── 226

제 3 부 ─── 돼지로 산다는 건

입 큰 개구리── 237
몽실이── 246
아기 곰 바리── 254
도토리 키 재기── 266
매운탕거리들의 질퍽한 전쟁── 274
친구, 그 참을 수 없는 가벼움── 295
돼지로 산다는 건── 302
절대 고독── 311
달과 별── 315
매미 고찰── 323
쓰레기── 328
때 묻은 자! 나에게 와서 은총을 받을지어다── 336
꽁초 선언문── 341

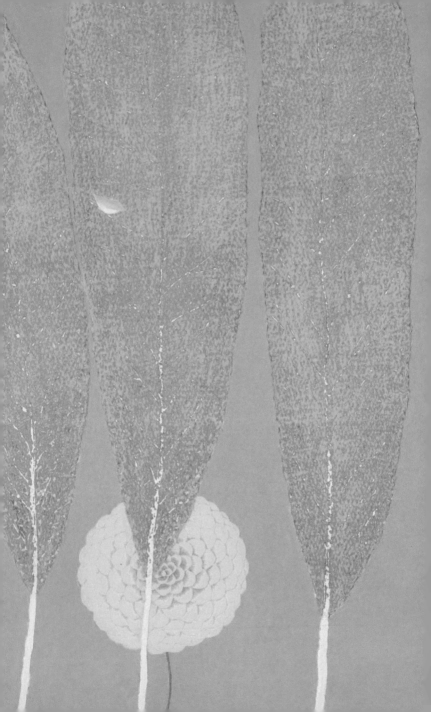

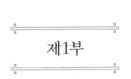

제1부

스타,
가까이하기엔
먼 당신

토끼와
거북이

　오늘도 길을 나섰다. 이른 아침이지만 태양은 벌써 독기를 품었다. 맹렬한 열기가 사정없이 내리꽂았다. 메마른 등껍질로 애써 막아 보지만 역부족이다. 바람조차 나무 밑에 웅크린 채 가쁜 숨을 쉬고 있다. 숨이 막혔다. 본능에 따라 조심스럽게 머리를 내밀었다. 움츠렸던 목에 경련이 일어난다. 익숙한 통증이건만, 머리를 내미는 일은 언제나 고역이다.

　짧은 사지를 뻗었다. 등껍질 속 하찮은 팔다리가 삐져나왔다. 주위를 둘러봤다. 어제 본 그 풍경과 다를 바 없다. 힘겹게 발을 떼었다. 제자리를 찾으려는 뼈마디

소리가 서걱거렸다. 애써 고개를 돌려 뒤를 봤다. 갈라 터진 등껍질만 보인다. 평생 짐을 지고 다니는 내 모습이 처량하다.

태생적으로 힘들게 살아야 한다. 내가 이런 몸을 원한 것도 아닌데 억울하다. 목이 타들어 갔다. 저 멀리 바위 아래 물이 보였다. 육체적 욕구는 의식보다 강했다. 살기 위해 발걸음을 떼었다. 단지 몇 발짝 갔을 뿐인데 숨이 가쁘다. 하늘을 봤다. 구름 한 점 없다. 태양이 하늘을 평정했다.

오만한 태양은 검붉은 혓바닥을 연신 날름거렸다. 굴복했다. 눈을 감고 사지에 힘을 뺐다. 태양이 기다렸다는 듯 눈을 희번덕거리며 조준했다. 따갑다는 느낌의 고통은 점차 묵직한 무게로 다가왔다. 그 느낌이 나쁘지 않다. 감각이 사라진다. 내가 바라던 끝이 보인다. 좋다.

그 고즈넉함은 오래가지 않았다. 한줄기 흙먼지와 함께 갈색 물체가 나타나 다가왔다.

실체가 보이지 않을 때 공포는 배가 된다. 조금 전까

지 사라지길 원했던 내 몸은 머리와 사지를 재빨리 등껍질 속으로 집어넣고 있다. 순식간에 말이다. 심지어 두려움에 심장이 사정없이 쿵쾅거렸다. 살고자 하는 몸과 죽고자 하는 생각이 제각각 움직인다. 이런 내가 싫다.

그때 내 등 위에 낯선 무언가가 올라탔다. 등골이 오싹해졌다. 머리를 너무 깊이 구겨 넣어 경련이 났다. 뺄 용기가 없다. 죽는다는 것이 두려웠다. 내가 사는 방법은 하나뿐이다. 버텨야 한다. 때리고 깨물고 짓밟고 온갖 짓을 하다가 제풀에 지쳐 떠날 때까지 버텨야 한다. 익숙하지만 언제나 힘들고 괴롭다.

이제 등 위에 그놈은 내 머리가 나올 때까지 사정없이 이 과정을 반복할 것이다. 각오했다. 온 신경을 그놈에게 집중했다. 일단 가볍다. '오소리, 너구리, 스컹크, 고슴도치' 비슷한 무게의 동물들이 머릿속을 스쳤다.

조용하다. 녀석이 그냥 앉아만 있다. 이윽고 소리가 들렸다.

"와, 전망 좋다."

얇은 목소리다. 몸집이 작다. 풍경을 말했다. 그럼 해칠 의도는 없는 동물이다. 조심스럽게 목을 내밀었다. 토끼다. 안도감에 사지가 저절로 삐져나왔다. 토끼가 측은한 눈빛으로 나를 봤다. 동정 어린 그 눈길이 싫다. 애써 무시하고 천천히 발을 떼었다.

"내려와!"

내 말은 짧지만, 무겁고 강했다.

그는 무시했다. 아예 드러누웠다.

"너 내 밑에서 일해라. 내가 먹거리는 챙겨 줄게. 네 등이 생각보다 아주 편한데."

토끼가 잘 익은 수박 고르듯 손으로 등껍질을 두드렸다.

"힘들어 내려와!"

최대한 목을 돌려 위협적인 눈빛으로 토끼를 째려봤다.

"아이쿠! 무서워라."

토끼가 놀라는 시늉을 하더니 이내 혼자 키득거렸다.

"야! 내 말 들어! 그 몸으로 입에 풀칠이나 하겠니? 에구 불쌍한 것. 내가 너 먹여 살려 줄 테니까 내 밑에 들어와라. 대신 넌 이렇게 나 태워 주면 돼. 빨리 움직이면 좋겠지만, 그것까진 안 바랄게. 이 무거운 등껍질을 평생 매달고 살면서 나 하나 얹는다고 대수겠어?"

"싫어. 내려와!"

"내가 지금 너한테 근사한 제안을 하는 거야. 내가 쉬고 싶을 때 가끔 태워 주기만 하면 먹을 것이 나오는데. 이런 조건이 어디 있어?"

"싫어."

"싫든 말든 사실 네 의사는 중요하지 않아. 어차피 이렇게 등 위에 앉아도 넌 할 수 있는 게 없거든. 그래도 내가 아량을 베풀어 물어본 건데 쓸데없는 자존심만 내세우니 답답하네!"

화가 났다. 그렇지만 짧은 내 팔로 할 수 있는 건 없다.

"등에 타니 좋냐?"

"좋지. 원래 세상은 강자가 지배하는 거야. 네 위에 탔으니 내가 널 지배하는 거잖아. 너 같은 동물은 다스림을 받아야 해. 있어도 없어도 그만인 존재니까 말이야.
잘 생각해 봐. 너 혼자서 뭘 할 수 있겠니? 내가 지금 엄
청난 은혜를 베풀고 있는 거야, 바보야!"

분노는 말초신경을 자극했다. 손발이 떨렸다. 그냥 머
리만 분노했다. 물리적으로 토끼를 쫓을 방법은 없다.
포기했다. 무엇보다 목이 말랐다. 천천히 앞으로 나갔
다. 몸은 더 무겁다. 배가 자갈을 스치면서 쓰렸다. 등
위에서 팔을 괴고 있던 토끼가 머리를 치며 빨리 가자
고 보챘다.

"야! 너 토끼와 거북이라는 동화 들어봤지? 근데 거기
서 토끼가 경기에서 지잖아. 말이 돼? 어이없어. 거북이
하고 경주해서 지는 토끼는 세상에 없어. 동화니까 가능
한 이야기지. 너 설마 그걸 믿는 건 아니지?"

현실에서 토끼와 경주해서 거북이가 이긴다는 것은
불가능하다. 막연한 꿈은 절망으로 이어진다. 난 절망
하지 않기 위해 꿈을 접었다. 발을 뗄 때마다 뜨거운 열
기가 온몸으로 전해졌다.

"거북아! 이랴! 이랴! 신선한 풀이 있는 곳으로 가자."

토끼가 흥에 겨운지 콧노래까지 흥얼거린다.

"넌 누구보다 빠르고 날렵한데. 이렇게까지…."

거친 호흡을 쉬며 가까스로 물었다. 토끼 표정이 굳어졌다.

"맞아. 네 말이 맞아. 난 꼭 네 등에 탈 필요는 없어. 그런데 말이야, 이게 세상의 이치야! 나도 힘없는 동물이지만, 나보다 못한 동물이 있으면 지배하고 이용해야 해. 나도 나보다 강한 동물이 나타나면 너처럼 해. 살기 위해서 말이야. 내가 나쁜 게 아니라 세상이 이런 걸 어쩌겠어?"

"그럼, 제일 만만한 게 나였다는 거네."

"빙고! 이제 이해가? 잔말 말고 어서 가자. 거북아!"

누군가를 발아래 두어야만 자신의 존재감을 증명할 수 있는 세상에 절망했다. 토끼를 어떻게든 등에서 내리고 싶었다. 경사진 곳이 보였다.

난 결심했다. 평평한 길을 놓아두고 오르막길로 걸어

갔다. 올라가서 몸을 뒹굴어 토끼를 떨쳐 내고 싶었다.

"야. 왜 이리로 가! 불편하게. 설마 운동하려고? 그냥 생긴 대로 살아. 저기 평평한 길로 가!"

"가는 건 내 마음이야."

"참! 사서 고생하는구먼. 에구."

얼마쯤 오른 후 몸을 경사진 곳에 바짝 붙였다. 그리고 양발로 힘껏 바위를 차고 사지를 넣었다.

"너! 너! 지금 무슨 짓을 하는 거야?"

토끼가 놀란 나머지 비명을 질렀다.

몸이 기우뚱하더니 아래로 굴러갔다. 토끼가 재빠르게 등 위에서 뛰어내렸다.

다행히 내 몸은 잘 뒹굴었다. 다시 토끼를 만난 그 자리에 되돌아왔다. 어지러운 기분이 싫지 않다. 삐죽이 고개를 내밀고 하늘을 봤다. 태양이 춤을 추듯 뱅글뱅글 돌았다. 토끼가 황당한 표정으로 뒤집어진 나를 내려보며 말했다.

"에구. 어쩔 수 없어. 내가 천년만년 네 등 위에 있는

것도 아닌데. 그냥 살지. 받아들이면 편할 텐데. 살아남는 게 중요하지 알량한 자존심이 뭐가 중요해? 이게 목숨까지 버릴 일이야? 그럴 배짱이면 난 기필코 살겠다. 뒤집어진 건 네가 선택한 거야. 내가 널 일으켜 줘도 의미가 없어. 살겠다는 의지가 없잖아. 그래 네가 없어진다고 해도 세상은 눈 하나 깜빡 안 해. 너를 죽음으로 내몬 건 내가 아니라 너를 사랑하지 않은 너 자신이야. 누워서 곰곰이 생각해 봐! 죽을지 살지. 간다!"

토끼가 흙먼지를 일으키며 사라졌다. 맞다. 결국 이 극단적 상황은 내가 선택했다.

하얀 배를 드러내자 태양이 붉은 혀를 일렁이며 입맛을 다셨다. 정신이 아련해졌다. 하찮은 눈물이 마른 대지에 한 방울 떨어졌다 금세 사라졌다. 난 태양이 원하는 대로 알맞게 익어 갔다. 한 번도 본 적이 없는 바다가 몹시도 그립다.

자책하지 말자. 가해자는 기대한 만큼 고통도
느끼지 않고 쉽게 잊어버린다.

　우리의 선택이 항상 희망을 주지는 않지만, 우
리는 선택을 통해 자신을 만들어 간다.

압정의
최후

"내가 볼 땐 말이야, 우리 서랍에서 클립이 제일 멋있는 것 같아."

오늘도 하릴없는 압정이 서랍 속의 문구들을 하나하나 평가한다.

"클립은 말이야, 세금계산서랑 A4용지를 함께 첨부할 때 제일 잘 어울려."

압정이 클립을 칭찬하며 눈알을 두리번거린다.

"지금 스테플러 없지? 스테플러 걔는 왜 그래? 무식하게 무조건 찝고 봐. 클립에 비하면 양아치야. 떼고 나면 흉터도 남고. 자기가 망치야? 가끔 보면 자기 머리를 막 처박더라고! 암튼 우리와 같은 문구라고 하기도 부끄러워. 그런 놈은 하루빨리 우리 서랍 속에서 사라져야 하는데 말이야. 아~ 격 떨어져, 쯧쯧."

압정은 서랍 속에서 스테플러를 제일 껄끄러운 상대로 여긴다. 큰 바위 같은 얼굴에 세월의 흔적이 묻어나는 스테플러는 그 자체만으로도 압정에게 위협적 존재였다. 한방에 어딘가에 박혀 잊힌 존재가 될까 항상 두려웠다. 압정은 스테플러가 있는 곳에서는 한 번도 앞에서 그를 평가한 적이 없다. 만만한 볼펜을 비롯해 연필, 지우개, 딱풀, 포스트잇 등 다른 문구들을 주로 평가했다.

오늘도 압정은 스테플러가 밖으로 나가자 기회를 놓치지 않고 비방한다. 압정의 평가는 이제 서랍 속 문구에게 일상이 되어 버렸다. 다들 압정만 없다면 서랍은 평온해질 것 같은데, 생각은 하면서도 뾰족한 침은 큰 부담이었다.

압정이 가장 만만하게 평가하는 문구는 단연 지우개

이다. 지우개는 다른 문구들에 비해 피부가 연약해 언제나 압정의 평가대상 1순위이다. 그의 몸은 압정에 찔려 여기저기 흉터가 많다. 지우개는 지우는 일보다 압정으로부터 시도 때도 없이 거론되는 평가에 더 힘들었다.

"내가 볼 땐 말이야. 우리 서랍 속에서 지우개가 제일 일을 많이 해. 지우개가 없으면 연필 뒤치다꺼리는 누가 하겠어? 연필, 넌 참 복 받은 놈이야. 연필은 항상 지우개한테 고마운 마음으로 살아야 해. 그런 마음조차 갖지 않는다면 넌 정말 나쁜 놈이야. 어이! 연필! 어떻게 생각해?"

연필이 압정에게 슬쩍 눈을 흘기다가 체념한 듯 이내 눈길을 돌린다. 지우개는 고개를 푹 숙인 채 아무 말이 없다. 주인의 잦은 호출에 둘 다 피곤한 하루였다. 날이 갈수록 많이 수척해져 너덜너덜해진 모습이 애처롭다.

"왜 아무 말이 없어? 내 말이 틀렸어?"

"맞아. 나도 항상 고맙게 생각해."

연필이 성화에 못 이겨 애써 겸연쩍게 웃으며 말한다.

"그래. 우리 연필도 가만히 보면 참 성실해. 자기 몸

상할 거 뻔히 알면서도 꾀부리지 않고 일하는 것 보면 다른 문구들도 본받아야 해! 근데 저기 볼펜 말이야. 재는 일할 때 보면 몸을 좀 많이 사리는 것 같아."

"내가 뭘? 내가 뭘 어쨌는데?"

볼펜이 화가 난 듯 압정을 째려본다.

"저 눈깔 봐라. 내가 너한테 조언을 하면 고맙게 생각해야지. 제3자의 눈으로 보는 게 가장 객관적이야. 연필은 항상 심이 노출되어 있잖아. 근데 너는 틈만 나면 심을 몸 속에 집어넣잖아. 너무 몸 사리는 것 아니니?"

"그건 내 스타일이야. 본능이라고."

"본능, 아무튼 말은 잘해. 그런 고정관념을 깨야 해. 앞으로 연필을 닮도록 해. 그래야 문구들이 사람들한테 욕을 안 얻어먹지. 쯧쯧쯧. 그리고 딱풀, 너는 말 좀 하고 살아! 함께 사는 서랍 속이야. 맨날 그 뚜껑 눌러쓰고 과묵한 척 멋부리지 말고. 너 색깔이랑 넘 안 어울려. 노란 색깔이 무겁니? 딱 봐도 가볍잖아? 생긴 대로 살아."

딱풀이 뚜껑을 잠시 올려 압정을 쏘아보더니 다시 뒤집어쓴다. 보다 못한 포스트잇이 화를 참지 못하고 압정에게 버럭한다.

"야! 딱풀이 뚜껑 열면 몸이 다 굳어 버리는 걸 모르니? 그건 딱풀에게 죽으라는 이야기하고 똑같아."

"야! 그래도 서랍 안에서 뚜껑 연다고 금방 죽니? 주인한테는 잘도 뚜껑 벗더구먼. 주인한테 너무 아부하지 마라. 그리고 포스트잇! 너도 좀 줏대가 있어 봐라. 여기 붙었다 저기 붙었다 그게 뭐니? 암튼 둘 다 하는 짓 보고 있으면 어떻게 제일 찰질 것 같은데 끈끈하지가 않아."

그때 잠자코 듣고 있던 딱풀의 뚜껑이 열렸다.

"그동안 내가 참아 왔는데. 아부라고? 난 지금까지 내 할 일을 한 것뿐이라고."

"오호! 말하네. 그래. 앞으로 자주 그렇게 나와 이야기도 좀 하고 그래. 난 벙어리인 줄 알았잖아. 히히히."

딱풀이 이야기가 안 통한다는 듯 고개를 설레설레 흔들더니 다시 뚜껑을 닫는다. 순간 압정에게 당하기만 하던 지우개가 압정을 보며 소리쳤다.

"몇 달째 하릴없이 놀면서 우리를 평가하며 지내는

게 재미있니?"

"뭐? 뭐라고? 네가 지금 나한테 충고 뭐 이런 거 하는 거야? 하찮은 네가 나한테 도발을 해? 몸에 구멍 뚫어 줘?"

압정이 지우개에게 위협적으로 달려들려 하자 연필이 굴러와 가로막았다.

"압정! 뭘 그렇게까지 그래?"

압정이 손을 털며 마지못해 물러섰다.

"아니 저 자식이! 먼저 시비를 걸잖아. 재미? 내 진정성을 그렇게 몰라주다니 서운하다. 난 너희들이 잘못된 문구의 길을 가지 않을까 걱정되어 충고해 주는 거야."

지우개가 지지 않고 말을 이어나갔다.

"누구나 결점은 있어. 너도 마찬가지고."

"나 말이야? 이런~ 난 너희하고 달라. 무결점 그 자체야. 완벽해. 사실 주인도 날 아끼니까 자유를 맘껏 누리게 하는 거라고. 너희들하고 차원이 다르지."

"네 몸을 봐. 압정이면 압정답게 살아야지. 역할을 못

하니까 네 얼굴이 녹슬려고 하잖아."

"너 지금 감히 나한테 충고한 거니? 다른 문구도 아
니고 하찮은 네가?"

압정이 어이가 없는 표정으로 지우개를 노려본다.

"그래. 자기 역할도 제대로 못하면서 우리를 일일이
평가하는 너에 대해 문구들이 어떻게 생각하는지 알
기나 해?

"아마, 모두 고마워하겠지."

"틀렸어. 넌 완전히 재수 없어. 너무 피곤해서 가만있
는 것뿐이야. 왜 자꾸 우릴 평가해? 너한테 칭찬받기도
욕먹기도 싫어. 그냥 내버려 둬."

가장 나약해 보였던 지우개의 말에 압정이 화가 나서
어쩔 줄 몰라한다.

"너! 말 다 했어? 불쌍해 보여서 내가 칭찬 좀 해 줬더
니 이젠 완전히 기어오르네. 그건 네 생각이야. 너처럼
생각하는 문구는 여기 하나도 없어. 얘들아, 안 그래?"

서랍 속 문구들이 싸늘하게 압정의 말을 외면한다.
압정이 지우개 앞으로 바짝 다가갔다. 지우개가 마른

침을 삼킨다.

"너 오늘 나한테 죽었어. 이 많은 문구 앞에서 나를 아주 자근자근 밟아 버리는구나."

압정이 바늘 끝을 세운다. 클립과 연필, 볼펜 등 서랍 속에 있는 문구들이 동시에 압정을 막아섰다.

"너희들 뭐야?"

"그만해. 압정아! 우리 이제 평가하지 말자. 있는 그대로 인정해 주자. 네가 무슨 권리로 우리를 평가하고 우린 왜 너한테 평가를 받아야 하니? 그러지 말자."

클립이 압정에게 손을 건넸다.

"뭐야? 너 내가 조금 전에 칭찬해 줬잖아. 그럼 날 옹호해야지. 배신자 새끼!"

압정이 클립을 찌를 듯이 아래위로 훑어보지만, 클립도 물러서지 않았다.

"그 칭찬은 나를 위한 게 아니라 네가 우월하다는 걸 보여주기 위한 거잖아."

"솔직히 내가 너보다 잘낫잖아. 원래 잘난 문구가 평가하는 거야."

압정이 클립의 어깨를 툭툭 건드리며 비아냥거리며 클립에게 다가갔다.

"잘난 문구가 평가를 한다고? 너와 내가 다른 게 뭐가 있니? 우린 다 같은 문구야."

클립이 분을 못 참겠다는 듯 달려들 기세다.

그때 밖에 나갔던 스테플러가 서랍 속에 들어왔다. 오늘은 일을 많이 했는지 유난히 더 피곤해 보였다. 조금 전까지 날뛰던 압정이 아무 일도 없었던 것처럼 서둘러 제자리로 갔다. 스테플러가 주변을 두리번거리더니 압정에게 무심하게 말을 툭 던졌다.

"압정! 너, 오늘 여길 나갈 것 같더라."

"뭐라고? 내가 왜 여길 나가?"

"주인이 나무로 된 게시판을 만들더라고."

압정이 스테플러의 말에 놀라 눈이 머리만큼 커졌다.

"그럴 리가 없어. 주인님이 나를 여기서 데리고 나갈 리가 없어. 난 여기서 너희들을 평가해야 된다고."

스테플러가 어이없는 표정을 지었다.

잠시 후 주인의 손이 서랍 속에 들어왔다. 압정이 본능적으로 침을 세운다. 잔뜩 독이 오른 압정이 서랍을 뒤지던 주인의 손을 찌른다. 순간 비명과 함께 주인의 손이 서랍 밖으로 황급히 빠져나갔다.

"봤지? 아무도 날 못 건드려. 난 압정이라고. 문구 중에 최고란 말이야. 주인도 꼼짝 못 해."

압정이 눈을 부라리며 문구들을 쏘아 본다.

"너희들은 내 평가를 받아야만 제대로 된 문구의 길을 갈 수 있다고. 이 미련한 것들아!"

압정이 불안과 흥분이 교차한 눈빛으로 문구들을 둘러보는 그 순간 주인의 손이 다시 들어오더니 조심스럽게 압정을 들었다.

"이거 뭐야? 젠장 녹까지 슬었네. 쓰지도 못하겠군. 버려야겠어."

압정은 주인의 손에 이끌린 채 제대로 문구 구실도 못 하고 침이 뭉개진 채 버려졌다.

압정은 그렇게 사라졌다.

평가하니 재밌습니까?

평가의 대상이 되고 싶은 사람은 없습니다.

그냥 좀 내버려 두자. 있는 그대로 인정해 주는 것, 그것이 최고의 평가다.

일회용 라이터의
특별 기고문

불은 인간이 발견한 가장 위대한 업적 가운데 하나다. 지금은 주위에서 쉽게 구할 수 있어 그 가치를 모르고 지나치는 경우가 많다. 아마 인간이 생존하고 문명을 발전시키는데 가장 필요한 존재 중 하나가 불이 아닐까 생각한다.

불의 종류가 많지만, 현대인에게 가장 친숙하고 가장 편리하게 이용되는 불은 단연 가스라이터라고 자부한다. 그런 우리 앞에 꼭 붙는 수식어가 있다. 일회용이다. 사실 우릴 한번 쓰고 버리는 사람은 없다. 그런데도 사람들은 일회용이라고 부른다.

우리가 이렇게 사람한테 필요하면서도 괄시받는 이유는 있다. 주로 쓰이는 곳이 담뱃불 붙이는 데 사용되기 때문이다. 담배 자체가 각종 폐 질환을 일으키는 제품이다 보니 태생부터 천덕꾸러기 신세를 면치 못한다.

주위의 친구들을 보더라도 새로 산 일회용 라이터라 하더라도 가스를 완전히 소진할 때까지 사용되는 경우는 잘 없다. 이 사람, 저 사람 손을 거치기도 하고 때론 아무도 모르는 곳에 처박혀 있을 때도 있다.

이 모든 것이 단지 우리 곁을 항상 쫓아다니는 일회용이라는 낙인 때문이다. 저렴한 가격은 제쳐두더라도 일회용이기 때문에 잃어버려도 다시 사면 된다는 안일함이 가장 큰 원인이다. 담배 외에도 여러모로 활용되지만, 제대로 평가를 못 받는 것이 우리 가스라이터다.

대표적으로 병따개로도 이용되는 번거로움을 마다하지 않는다. 병따개로는 전혀 어울릴 것 같지 않지만, 사

람들은 우릴 병따개로 이용한다. 이것 또한 일회용이기 때문에 그렇게 한다. 만일 철로 입혀졌거나 화려한 문양이 있는 명품이라면 도저히 그렇게 하지는 못한다.

우리가 살면서 가장 비애를 느낄 때는 부속물로 취급될 때다. 주로 담배를 끊을 때 우리 의사와는 상관없이 함께 버려진다. 분명 독자적인 존재 가치를 지녔음에도 종속적인 운명을 맞이하는 것이다.

우리 아버지뻘로는 성냥이 있다. 그런데 성냥에는 일회용이라는 수식어가 없다. 성냥은 그냥 성냥으로 존재 가치를 부여받았다. 한때 성냥은 집들이 선물로 들어가기도 하고, 낱개로 포장된 작은 성냥갑은 한때 전국민의 사랑을 받기도 했다.

지금 만약 가스라이터를 집들이 선물로 주면 욕을 바가지로 얻어먹을 것이다. 우리는 성냥보다 우수한 기능과 많은 장점을 가졌음에도 일회용이라는 이유 하나만으로 천대받고 있다.

우린 과거 성냥이 명성을 누리던 영광까지는 바라지 않는다. 다만 일회용이라고 마구잡이로 대하는 것은 자제해 주면 좋겠다. 우리 몸에는 가스가 들어있다. 자꾸 무시하면 폭발한다. 경고하는데 함부로 버리지 않기를 바란다.

때때로 어떤 친구는 뜨거운 여름날 차 안에 며칠간 방치됐다가 폭발해 자동차와 함께 생을 마감하는 경우도 있었다. 그런데도 사람들은 우릴 무시한다. 이런 참혹한 일이 발생해도 사람들은 잠시 주춤하다가 일회용이라는 수식어 때문에 곧 잊어버리고 일상으로 돌아간다.

우리뿐만이 아니다. 우리 주위에서 쉽게 접할 수 있는 일회용은 종이컵과 접시, 숟가락, 나무젓가락, 도시락 등 헤아릴 수 없을 만큼 많다. 이 친구들은 내가 볼 때 모두 그 자체로 완벽한 존재다. 그러나 사람들은 일회용이라 붙여진 이름만으로 폄하하고 쉽게 버린다. 가

장 급할 때, 가장 필요할 때 일회용을 쓰면서도 버릴 때
는 조금의 미련도 두지 않는다.

오늘 지면을 빌어 사람들에게 부탁한다. 더이상 우릴
일회용이라고 무시하지 마라. 우리가 없는 세상을 생각
해 봐라. 우리도 세상에 당당한 일원이다.

세상에 하찮은 사람은 없다. 하찮게 여기는 사
람이 두렵다.

편견은 세상을 규정짓고 대중은 그 세상을 진
실이라 착각한다.

편견은 강하지만 그 수명 또한 제한적이다.

우리의 판단력이 강해질 때 편견은 슬며시 고
개를 숙인다.

스타, 가까이하기엔
먼 당신

난 스타다. 내가 근처에 가면 사람들은 아낌없는 박수를 보낸다. 그것도 내가 지나갈 때마다 박수를 친다. 근처에서 내 몸을 만지지 못한 사람들은 아쉬움에 곧잘 탄성을 지른다. 어떤 사람들은 나를 줄줄 따라다니며 박수를 친다. 때론 광신도들처럼 단체로 일어나 정신없이 나에게서 눈을 떼지 못하고 쫓아온다. 사람들한테 관심받고 싶지 않다. 내가 뭐라고 이렇게까지 나에게 열광하는 건가? 이해할 수 없다.

한 번쯤 그들에게 내 몸을 만지는 것을 허락해 줄 수

도 있지만, 스타라는 것이 대부분 그렇지만 팬과 직접 신체 접촉은 치명적 타격을 줄 수 있다. 절대 허락해 줄 수 없다. 내가 뜨면 사람들은 축제 분위기에 휩싸인다. 아무리 침울하고 무거운 순간에도 귓가를 스치는 내 입김 하나에 사람들은 몸에 전율을 느낀다. 어떨 땐 나의 등장에 잠자다가도 반사적으로 일어나 박수로 추종하는 사람도 있다.

스타는 외롭다. 스타가 되어 보지 못한 사람은 그 이유를 알 수 없다. 자신의 일거수일투족이 항상 관심의 대상이라는 것이 얼마나 거추장스럽고 부담스러운지를 말이다. 내 소원은 많은 것을 원하지 않는다. 그냥 그들과 함께 일상을 함께 하고 싶다. 그들과 함께 몸을 맞대고 살고 싶다.

그러나 사람들은 거부한다. 스타를 동경의 대상으로만 보지 말았으면 좋겠다. 난 대중들 속으로 다가서고 싶다. 오늘도 난 외롭게 어느 귀퉁이에서 하얀 밤을 새

운다. 그들이 잠들고 난 후 어둡고 침침한 곳에서 그제야 허기진 배를 채운다.

스타라는 것이 한때 반짝 하는 것이 대부분이라 나도 여름 한 시즌을 넘기기가 힘들다. 스타로서 인생을 살았기에 사람들에게서 잊혀진다는 것은 배고픔보다 더 큰 고통을 안겨 준다. 겨울은 우리에게 비수기다. 이때는 조용히 휴식을 취하고 내년 여름을 준비한다. 그러나 대중에게 잊혀진다는 것은 언제나 두렵다. 뭔가 보여줘야 한다는 스타라는 강박감은 나도 모르게 가끔 겨울에도 피곤한 몸을 이끌고 나와 사람들을 만난다.

겨울에 내가 나타나면 사람들은 여름보다 더 격렬히 환영한다. 좀처럼 나를 볼 수 없었기에 더 흥분한다. 그들은 나를 영접하며 옷에서 냄새가 나는지, 주위 환경이 불결한지, 난방 온도를 너무 높게 하지는 않았는지 자신들의 삶을 되돌아보기도 한다. 난 예수, 부처가 아니다. 나를 보고 자신들의 삶을 돌아본다니, 나의 존재는 즐거움과 함께 때론 깨달음까지 준다. 그럼 스타를

넘어 성인의 경지에까지 이르렀다고 해야 하나?

그런데도 사람들은 나를 가까이하지 않으려 한다. 스타와 대중은 영원히 함께 할 수 없는 것이란 말인가? 사람들은 도대체 나에게 뭘 원하는 건가? 하루에도 수없이 되뇌어 보지만 아직 이유를 알 수 없다. 내가 모기라서 그런가?

세상에 불필요한 존재는 없다. 자신을 필요 없는 존재로 여기지 말고 소중하고 필요한 존재라는 것을 잊지 말자.

넌 바람,
난 눈물

탁탁탁! 아프다. 오늘도 난 사정없이 두들겨 맞았다. 난 샌드백이고 날 때리는 놈은 주로 글러브다. 주로라는 표현을 굳이 쓴 것은 가끔 맨주먹이나 발로 때리는 사람도 있기 때문이다. 흔히 땀나도록 맞았다고 하는데 그 표현은 분명 나를 두고 한 말일 거다. 내가 보이면 아무나 지나가다가 툭툭 친다. 내가 못생긴 것도, 나쁜 짓을 한 것도 아닌데 습관적으로 툭 치고 지나간다.

반작용이 없다는 것이 만만하게 보는 이유다. 진정 동네북이다. 좋다. 맞는 것은 좋다. 하지만 발에 맞을

땐 정말 기분 나쁘다. 물론 샌드백이니 발에 차일 수도 있지만, 지금 나는 권투 체육관 소속이기 때문에 발에 차이면 싫다.

나를 본 사람은 알겠지만 덩치가 크다. 그 많은 주먹을 견디기 위해 그 정도의 덩치는 갖고 있어야 견딜 수 있다. 지금까지 항상 맞으며 살다 보니 뭐 눈에는 뭐가 보인다고 꼭 그 짝이다. 맞는 건 항상 고역이고 서럽다. 너무 맞다 보니 내 몸은 상처투성이다. 세월이 흐르면서 색도 바래고 생채기 난 상처는 여기저기 기워졌다.

샌드백으로 태어난 것을 하루에도 몇 번씩 원망해 봤지만, 이젠 그 원망조차 부질없게 느껴진다. 내 삶을 인정하지 못할 때 그 고통은 고스란히 더 큰 고통으로 다가온다. 분노와 고통은 그렇게 세월에 희석되어 갔다.

체육관에는 나를 때려야만 하는 늙은 친구가 있다. 바로 낡은 연습용 글러브다. 녀석의 몸에도 삶의 고단함이

묻어난다. 처음엔 그 친구가 정말 싫었다. 내 몸을 터트려 버릴 듯이 매섭게 달려드는 녀석이 두려웠다. 그 긴 세월 동안 나를 그토록 괴롭혔던 녀석이지만, 이젠 그 친구에게 두려움이나 미움 같은 건 없다.

한평생 아무런 이유없이 나를 때릴 수밖에 없는 그 녀석이 오히려 불쌍했다. 그 친구의 몸도 성한 구석이 없다. 한때 서로를 미워했던 사이지만 이젠 상처만 안은 채 물끄러미 바라볼 뿐이다. 일정한 공간을 두고 말하지 않아도 그의 눈에서, 그리고 나의 눈에서 연민이 묻어난다.

이른 아침 고즈넉한 체육관, 환풍기 사이를 비집고 들어온 햇살이 평온을 깼다. 관장이 새 글러브를 갖고 걸어왔다. 반들반들 윤기가 흐르는 새 글러브가 낡은 글러브 옆에 놓였다. 관장이 낡은 글러브를 들고 이리저리 훑어봤다. 낡은 글러브가 체념한 듯 눈을 감았다. 다가올 운명을 안다는 것은 언제나 두려움이다. 서러움과 안타까움이 묻어났다.

관장이 자못 심각하게 고민하다가 다시 제자리에 놓았다. 나도 모르게 안도의 한숨이 절로 나왔다. 이번엔 아래위로 나를 훑어본다. 툭툭 친다. 고개를 끄떡인다. 난 아직 당분간 퇴출 대상이 아닌가 보다. 순간 이렇게 맞으면서도 연명을 구걸하는 내 모습이 안쓰럽다. 관장이 나갔다.

늙은 친구와 눈이 마주쳤다. 멋쩍은 미소가 스쳤다. 새 글러브가 못마땅한 눈으로 나와 낡은 글러브를 훑어봤다.

"이거 뭐 체육관이 왜 이렇게 우중충해? 내가 때릴 놈이 너야?"

난 아무 말도 하지 않았다. 물끄러미 바라만 봤다. 어차피 때릴 놈은 저놈이고 맞을 놈은 나라는 명백한 사실을 뒤집을 수는 없다.

"이건 뭐야? 글러브 전체 욕 먹이는 것도 아니고. 몸 관리 좀 잘하지. 걸레가 됐구먼. 쯧쯧쯧."

새 글러브의 오만함이 하늘을 찔렀다. 친구는 아무 대꾸도 하지 않았다. 아니 대꾸할 필요성을 느끼지 못했다. 어차피 우리의 운명은 정해져 있다는 것을 그도 나도 안다.

"너희들 왜 웃어? 내가 우습게 보여? 벙어리야? 말해 봐! 좋아! 완전 날 무시하는군. 기다려! 내가 어떤 존재인지 똑똑히 보여 줄 테니."

새 글러브는 혼자서 독을 품었다. 우린 그냥 그 자리에 있었을 뿐인데 새 글러브는 우리를 적으로 몰았다. 잠시 후, 관원 한 사람이 들어왔다.

"오~ 새 글러브네. 좋아! 한번 껴 볼까나."

순간 새 글러브의 입가에 살기 어린 미소가 번졌다. 난 각오했다. 새 글러브가 죽일 듯이 덤벼들었다. 아팠다. 단단한 글러브는 내 상처에 더 깊은 생채기를 냈다. 펀치가 들어올 때마다 상처는 더 큰 파장을 일으키며 내 몸 깊숙이 전달되었다. 이 수모와 고통에서 벗어나고 싶다. 나에게 나를 파괴할 권리가 있다면 내 몸을 찢고 싶었다.

휘청이는 나를 물끄러미 보던 낡은 글러브의 눈에 눈물이 고여 있다. 난 애써 어색한 미소를 지었다. 친구가 나의 눈길을 외면한다. 새 글러브와 눈길이 마주쳤다.

"이게 날 비웃어?"

"픽! 픽! 픽!"

아팠다. 내 몸이 아픈 것보다 앞으로 우리와 똑같은 길을 가야 할 그 친구의 운명을 보는 것이 더 아팠다.

둔탁한 소리가 하루종일 체육관을 적셨다.

힘 있다고 괴롭히지 말자.
당신도 언젠가 힘 없어진다.
메멘토 모리!

종이컵은 슬프다

나른한 오후, 사무실 책상 위에 커피를 담은 종이컵과 핸드폰이 나란히 있다. 종이컵이 자신의 운명을 예견하며 신세를 한탄하고 있다.

"난 이제 조금 있으면 저 휴지통 속으로 사라지겠지…."

책상 밑에 있는 휴지통이 당장이라고 삼킬 듯이 큰 입을 벌리고 있다. 종이컵이 부러운 눈으로 옆에 핸드폰을 본다.

"부럽다. 넌 시대의 아이콘이란 칭호를 들으며 살아가잖아. 난 하루살이보다 못한 삶을 사는데…."

세련된 외모와 첨단 기능을 장착한 신상 핸드폰이 종이컵을 힐끗 본다. 그동안 말없이 사라진 다른 종이컵들과 달리 자신의 삶을 유독 슬퍼하는 이 종이컵이 의아하다. 핸드폰은 자신의 삶을 비관하는 종이컵이 측은하게 느껴졌다.

"넌, 다른 종이컵하고 다르네. 수많은 종이컵이 자신의 운명을 받아들이고 사라져 갔는데, 넌 왜 그렇게 억울해하니?"

"너하고 비교하니까 내 신세가 너무 한탄스러워."

종이컵의 한쪽 모서리가 붉은 립스틱에 젖어 핏빛 그림자를 드러냈다.

"지금까지 종이컵하고 이야기하기는 처음이야. 너희들은 그렇게 사라지는 게 당연한 거잖아. 당연하니 한번도 관심을 가진 적이 없어."

"당연한 건 없어. 당연하게 생각하는 것뿐이야. 난 그 당연하게 여기는 게 싫어."

온기가 조금씩 사라져 가는 종이컵의 목소리가 가녀리게 떨렸다. 조금 남겨진 채 식어버린 커피는 시간이 갈수록 종이컵의 증세를 악화시켰다. 이러다간 얼마 못 가 찢어질 것 같았다.

"주인은 왜 이렇게 안 오는 거야?"

핸드폰도 곧 찢겨 버릴 것만 같은 종이컵이 안쓰러워 조바심이 났다.

얼마 후 주인이 나타났다. 주인은 역시나 먼저 핸드폰을 쥐고 무언가를 확인하고는 모니터를 봤다. 그런 다음 종이컵을 살짝 쥐었다.

"어머! 종이컵이 왜 이래? 내가 너무 오래 놓아뒀나?"

주인이 서둘러 남은 커피를 마시더니 무지막지하게 한 손으로 종이컵을 구겨 버렸다. 너무나 순식간에 일어난 일이라 핸드폰은 크게 당황했다. 주인의 손아귀에 뒤틀린 종이컵이 비명 한번 제대로 지르지 못하고 찌그러졌다.

"아차! 총무팀에 가는 걸 깜빡했네."

주인이 서둘러 자리에서 일어났다. 이젠 어디를 봐도 컵의 형태를 찾아볼 수 없다. 순식간에 컵에서 쓰레기가 되었다.

"괜찮아? 괜찮아?"

핸드폰이 걱정하는 눈빛으로 종이컵을 보았다. 종이
컵이 무너진 몸 사이로 간신히 말했다.

"세상에 존재하는 것들은 모두 다 존중받을 가치가
있어. 이렇게 허무하게 보낼 거라면 아예 만들지 말았
으면 좋으련만. 형태라도 보존해 주지. 우리도 너처럼

사랑받고 싶어."

"차라리 그냥 운명을 받아들이지 왜 의미를 부여해? 괜히 말해 나까지 마음 아프잖아."

핸드폰이 눈물을 흘렸다.

"미안해. 네 마음을 아프게 할 생각은 없었지만, 분명 꼭 필요하지만 존재감 없이 쓸쓸히 사라져 가는 우리도 있다는 걸 생각해 줘."

종이컵이 자신의 운명을 예견한 듯 가쁜 숨을 쉬었다.

"야! 정신 차려! 정신 차리라고!"

핸드폰이 큰소리로 종이컵을 불렀다.

잠시 후 주인이 가던 길을 멈추고 허겁지겁 책상으로 돌아왔다. 찌그러진 종이컵이 힘겹게 조금씩 들썩이더니 커피 한 방울이 책상 위로 흘러내렸다.

주인은 아랑곳없이 핸드폰을 보물처럼 손에 감쌌다. 주인이 총총걸음으로 사라졌다가 깨끗한 또 다른 종이컵을 들고 자리에 앉았다. 새로 들어온 종이컵이 찌그러진 종이컵을 보고 얼굴이 백지장처럼 하얗게 변했다.

"뭐야? 커피가 책상에 흘렀네. 에이 지저분해!"

주인이 휴지로 커피를 닦더니 종이컵에 구겨 넣었다. 종이컵은 만신창이 된 채 휴지통에 그대로 내동댕이쳐졌다. 새로 책상에 자리한 종이컵이 눈을 감은 채 두려움에 떨며 같은 운명을 기다린다.

비관하지 말자. 내 가치는 스스로 찾자. 나 스스로를 가치 있다고 생각하라. 뭔가를 받을 수 있나 보다 뭔가를 줄 수 있음에 또 하나의 가치가 있다.

파리
목숨

난 파리다. 오늘도 끈적이는 분비물이 햇볕을 타고 까칠한 내 표피에 달라붙는다. 토할 것 같은 무더위에 꼭지가 돈다. 징징거리며 발악하는 매미 소리에 머리가 터져버릴 것만 같다. 음식물 수거함의 쓰레기는 기다렸다는 듯 잘 부패해 갔다. 오늘도 오니와 역겨운 냄새로 얼룩진 그곳에서 난 떨어진 국물을 가슴 깊숙이 빨아들였다.

항상 배고프다. 다른 파리들도 항상 배고프고 음식은 항상 부족했다.

어느 날 문득 더는 수거함에서 쓰레기를 두고 파리들

과 경쟁하며 빌어먹는 짓을 하기 싫어졌다. 나도 깨끗한 곳에서 신선한 음식을 먹고 살고 싶었다. 수거함을 떠나기로 결심했다.

떠나겠다고 하자 다른 파리들이 양손을 계속 만지작거리며 불안해했다. 그 와중에도 수거함 옆으로 흘러내린 김칫국물에 손을 얹고 입맛을 다신다. 살기 위해서지만, 비굴하게 생활하는 내가 추했다. 나는 날개가 있다. 날개가 있다는 건 축복이다. 날개 달린 곤충 가운데 우리처럼 비참하게 살아가는 생물은 이 지구상에 존재하지 않을 거란 생각도 들었다.

음식물 수거함에서 도망치듯 빠져나왔다. 조금 더 있다가는 폭발할 것 같았다. 아파트를 향해 힘차게 날아올랐다. 1층부터 들어갈 틈을 찾았다. 그런데 쉽지 않다. 촘촘한 방충망은 어떤 곤충의 접근도 허락하지 않았다. 2층, 3층, 4층도 마찬가지다. 잘못하다간 새의 먹이가 될 수도 있다. 머리가 주뼛주뼛 섰다. 순간 수거함을 벗어난 걸 바로 후회했다.

　그때였다. 한눈에 보기에도 말끔한 승용차 한 대가 시야에 들어왔다. 더욱이 그 승용차의 창문은 반쯤 열려 있다. 호기롭게 벗어났는데 되돌아갈 수는 없다. 더욱이 날씨는 너무 뜨거웠다.

　반면 차 안에 사람들은 매우 쾌적해 보인다. 차를 향해 날아갔다. 순간 창문이 서서히 올라갔다. 날개에 더욱 힘이 들어갔다. 창문이 닫히는 순간 가까스로 차 안으로 들어갔다. 차 안은 천국이다. 시원했다. 아니 황홀했다. 그런 기분도 잠시, 커다란 부채가 나를 향해 덮쳐왔다. 아줌마다. 음식물 수거함에서 자주 보던 아줌마다. 용케 피했지만, 이번엔 아저씨의 손바닥이 덮쳤다. 연이어 뒷좌석 아이들의 손바닥도 보였다.

정신이 없다. 순간 들어온 걸 또 후회했다. 하지만 이미 늦었다. 일단 살아야겠다는 생각밖에 들지 않았다. 숨이 목까지 차올랐다. 최대한 사람들 눈에 가장 안 보이는 구석진 곳에 붙었다.

사람들이 이곳저곳을 살폈지만, 숨소리조차 내지 않는 나를 찾을 수 없었다. 체념한 듯 차가 출발했다. 하필 내가 자리잡은 그 구석진 곳은 바람 한 점 들어오지 않고 어두웠다. 숨이 막혀 죽을 것만 같았다. 다시 날았다.

"파리다."

외마디와 함께 다시 나를 잡기 위해 혈안이다. 순간 아줌마가 말했다.

"죽이지 마!"

순간 눈물이 나도록 아줌마가 고마웠다. 나를 잡기 위한 모든 동작이 멈췄다. 저 아줌마가 음식물 수거함에서 나를 자주 봐서 정이 들었나보다 생각했다. 그러나 그것도 잠시 아줌마의 다음 말이 폐부를 찔렀다.

"여기서 죽이면 창자가 튀잖아! 더러워! 창밖으로 몰아내!"

차라리 그 아줌마 손에 맞아 으깨져 불쾌감을 주고 싶었다. 난 사람들이 손대고 죽일 가치도 없는 지저분한 존재였다. 애초에 생기지 말았어야 할 생명체였다.

'조물주는 왜 나를 만들었나?'

존재감에 대한 회의가 밀려오자 살 의욕도 사라졌다. 존중받지 못한다는 좌절감에 날개에 힘이 빠졌다. 아주머니의 말대로 사방의 창문이 열렸다.

후끈한 바람이 내 몸을 사정없이 때렸다. 죽이기보다 나를 창밖으로 밀쳐 내기 위해 사람들이 발악했다. 이 속도에 밖으로 튕겨 나가면 난 뒤에 오는 차에 받혀 죽을 것이 자명했다.

죽음의 문턱에서 생존 본능이 일어났다. 살아야겠다는 그 본능조차 치졸하고 저주스러웠지만, 몸이 움직였다. 눈물이 났다. 장렬히 죽고 싶은데도 내 몸은 살기 위해 운전석 브레이크 페달 깊숙한 곳에 있다.

"파리가 안 보여. 나갔나 봐."

예쁘게 생긴 아이가 뭔가 큰일을 해낸 것처럼 한껏 들떠 있다.

"파리가 이런 곳에 들어오다니 어휴 더러워."

창문이 닫혔다. 사람들이 서로를 격려하며 안도의 한숨을 쉬었다. 분명 내가 나갔다고 생각하는 것 같다. 당분간은 이곳에서 몸을 추슬러야 할 듯했다. 에어컨 바람이 나에게도 간간이 불어왔다. 조금 살 것 같다. 이렇게 있으면 당분간은 조용할 듯하다. 인간의 위대한 문명에 편승하니 나도 인간이 된 듯했다.

얼마 후 차가 섰다. 사람들이 내릴 준비를 했다. 순간 내가 파리라는 신분을 망각했다. 나도 사람이라고 착각했다. 파리에게 착각은 곧 죽음이다. 내리기 위해

공중에 부상하자 사람들이 나의 질긴 생명력에 비명
이 쏟아졌다.

창밖으로 추방시키지 못했다는 자책과 자신들의 믿
음에 대한 배신감으로 정말 죽이기 위해 똘똘 뭉쳤다.
이성을 잃은 그들로부터 살기 위해 다시 숨었다. 단지
무임승차 한 것뿐인데, 공간을 많이 차지한 것도 아닌
데, 해를 끼친 것도 아닌데, 한 번쯤은 눈감아 줄 수도
있을 텐데….

나의 바람은 정말 한 줄기 바람에 불과했다. 정말 한
방에 갈 것 같았다. 이렇게 구차하게 살면서도 삶에 대
한 애착이 이토록 강할 줄이야 나도 몰랐다.

한동안 차 안을 수색하던 그들은 내가 보이지 않자 만
족한 듯한 표정으로 차에서 내렸다. 주위를 보며 또 다
른 파리가 차에 들어가지 않을까 경계까지 늦추지 않는
치밀함을 보이며 서둘러 문을 닫았다. 얼마나 빨리 문을
닫는지 이 작은 체구가 나갈 틈마저 없었다.

그들이 나가고 온전히 차는 내 공간이 됐다. 실내를 샅샅이 뒤져봤다. 깨끗하다. 향긋한 꽃내음이 은은하다. 냄새가 나는 쪽으로 움직였다. 냄새만 나는 방향제다.

급격한 동작과 긴장이 사라지자 허기가 느껴졌다. 목도 말랐다. 차 안은 깨끗했다. 물 한 방울 흐른 흔적이 없다. 과자 부스러기 하나 없다. 천연 가죽으로 만든 시트 위에 입을 대고 맛을 봤다. 화학 처리한 매케한 냄새가 혓바닥을 쐈다.

서서히 실내가 뜨거워졌다. 시간이 흐를수록 실내는 점점 더 뜨거워져 갔다. 불쏘시개를 목구멍에 넣은 것처럼 타는 목마름에 목을 부여잡았다. 숨이 막혔다. 음식물 수거함이 눈앞에 흘러갔다. 자신을 과대평가한 내가 후회스러웠다. 설움이 복받쳤다.

난 어느새 조수석 시트 위에 뒤집어졌다. 간신히 호흡만 할 뿐이다. 창문 너머로 태양이 내 몸을 건조시키려는 듯 한껏 이글거리고 있다. 정신이 아련해졌다. 음식물 수거함에 왜 그토록 많은 파리가 있었을까? 이제야 알 것 같다. 이미 늦었다. 난 한갓 파리 목숨에 불과했다. 죽음의 문턱에서 영혼을 가진 사람이 아니라 파리라는 걸 알았다. 난 파리였다. 파리였기에 음식물 수거함에 붙어 있었다.

그럼에도 불구하고 꿈꾸고 도전하는 것은 분명 가치가 있다.
생각만 하고 행동하지 않으면 망상이지만 실패하더라도 행동하면 꿈을 잡을 수 있다.

그녀가
사라졌다

벌써 이 골방에 처박혀 어디로 갔는지 알 수 없는 내 반쪽을 기다린 지도 벌써 일주일째다. 항상 함께 있어서 그녀의 소중함을 몰랐던 것을 뒤늦게 후회했다. 이제 내가 할 수 있는 건 없다. 그녀가 돌아오기를 마냥 기다려야 한다. 그녀의 체취가 그리워지고 그녀의 모습이 아른거렸다. 기다림은 기대다. 결국 기대는 사랑인 것 같다.

그녀가 돌아오지 않으면 나도 존재 의미가 없다. 우린 함께 해야 가치가 있다는 것을 그녀가 나간 다음에 깨달았다. 하루하루 조바심이 나를 더 지치게 했다. 이런 사실을 일찍 깨달았다면 이런 일은 발생하지 않았을 텐데 후회에 밤잠을 설쳤다.

기다림보다 더 나를 괴롭히는 것은 지독한 외로움이다. 바로 옆에서 모두 짝을 이루고 서로 감싸 안은 채 온기와 아득함을 누리는 연인의 일상이 부럽다. 그녀와 함께 할 땐 그 일상의 소중함을 몰랐다. 그냥 당연한 권리라 생각했다. 한쪽 귀퉁이에 덩그러니 내버려진 나를 측은하게 바라보는 시선도 견디기 힘들다.

나도 한때 일상의 권태로움에 그녀 곁을 떠난 적이 있다. 그녀 곁을 떠난 것은 독립된 존재지만 늘 함께 붙어 있어야 하는 것이 싫었다. 익숙함과 권태는 오만과 나태를 낳았다. 난 다른 짝을 만나 삶을 즐기고 싶었다. 나의 의지와 상관없이 한 여자와 한평생 운명을 같이 해야 한다는 것을 견딜 수 없었다. 주위에서 말렸지만 난 과감히 실행했다.

먼 길을 돌아 다시 집으로 왔을 때 그녀는 없었다. 주변의 눈빛은 싸늘했다. 내가 떠난 후 그녀는 큰 정신적 충격을 받았고, 살아갈 힘을 잃은 채 외출 한 번 못하고 우울한 날들을 보내다가 사라졌다고 했다. 그동안 이곳에서 지독한 배신감과 분노를 억누르며 숨죽여 버텨야 했을 그녀가 안쓰러웠다.

이제 와서 조금 더 빨리 돌아올 걸 자책해 봐도 소용이 없다. 그녀가 몹시 보고 싶다. 그녀가 돌아온다면 나 하나만을 바라보며 살아온 그녀에게 깊이 용서를 구하고 싶다. 이제 시간이 없다. 그녀가 돌아오지 않으면 내 의지와 상관없이 나도 이곳에서 나갈 수밖에 없다. 그럼 영원히 이곳으로 돌아오지 못할 것이다. 죽는 것은 두렵지 않다. 그러나 그녀를 만나지 못하고 떠나는 것이 슬펐다.

비록 한 몸은 아니지만 함께 있을 때 비로소 제대로 된 삶을 영위할 수 있다는 것을 왜 이렇게 늦게 깨달았는지 후회스럽다.

그녀는 결국 돌아오지 않았다. 그때 낯선 아주머니의 짜증스런 목소리가 들렸다. 난 운명을 직감했다.

"에고! 양말 한 짝은 도대체 어디로 간 거야? 아직 몇 번 더 신을 수 있는데. 아깝지만 버려야지 쩝!!"

멀리서 찾지 말자. 지금 당신 곁에 있는 사람 한테 잘하자.

칭찬은 곰도
힘들게 한다

어느 마을에 착한 곰 가족이 살고 있었다. 아빠 곰은 새끼 곰들에게 항상 착하게 살아야 한다고 말했다. 곰 가족은 다른 동물에 비해 사는 것이 넉넉지 못했다. 그러나 언제나 먼저 양보하고 항상 마을의 궂은일은 도맡아 했다. 다른 동물들도 곰의 착한 심성과 배려하는 마음에 법 없이 살아도 될 동물이라고 칭찬했다.

그런 아빠 곰에 대해 엄마 곰은 불만이 많았다. 양보만 하고 실리를 챙기지 못하는 아빠 곰이 바보처럼 보였다. 엄마 곰은 곧잘 아빠 곰에게 자라나는 자식들을 생각해서라도 그렇게 살지 말라고 다그쳐도 아빠 곰은 그저 웃을 뿐이었다.

모내기 때는 서로서로 도와 가며 품앗이를 한다. 그런
데 곰 가족의 모심기는 매번 마지막에 한다.

아빠 곰이 양보를 하기 때문이다. 아빠 곰은 남의 집
모내기를 할 때도 정말 자기 논처럼 열심히 일했다. 다
른 동물들은 그런 아빠 곰을 참 착하고 성실하다고 칭찬
했다. 올해도 여우, 호랑이, 돼지, 늑대, 사슴 가족의 모
내기를 끝내고 이제 곰 가족의 모내기만 남았다. 근 한
달간을 열심히 일한 나머지 동물들이 하나둘 지쳐 갔다.

그러던 어느 날 드디어 곰 가족의 논에 모내기하는 날
이 다가왔다. 맨 처음 모내기를 했던 여우가 몸이 아프
다며 도와주지 못해 미안하다고 전화가 왔다. 곰은 신
경 쓰지 말고 몸조리 잘하라고 여우를 걱정했다. 호랑
이는 아침 일찍 찾아와 친구 아들 결혼식에 부득이 가
야 해서 미안하다고 말했다. 미안해하는 호랑이를 보
며 곰은 괜찮다고 했다. 신경 쓰지 말고 잘 갔다 오라는
인사말도 잊지 않았다.

아직 한낮도 아닌데 돼지는 너무 뚱뚱해서 벌써부터 거친 숨을 헐떡이고 있다. 힘들어 보이는 돼지를 보고 곰이 집에 가서 쉬라고 했다. 돼지가 맨날 신세만 져서 미안하다며 내년에는 꼭 체중을 줄여 농사일을 도와주겠다고 약속하고 돌아갔다. 돼지는 매년 그 말을 했기 때문에 다른 동물들은 그 말을 믿지 않았지만, 아빠 곰은 허허 웃으며 그러라고 했다. 결국 사슴과 늑대만 모내기를 돕기 위해 왔다.

늦게 도착한 늑대가 여우와 호랑이 그리고 돼지가 일하지 못한다는 이야기를 듣고 양심도 없는 동물들이라며 불만을 터트렸다. 어떻게 동물의 탈을 쓰고 그렇게 할 수 있느냐며 분을 삭이지 못했다. 사슴이 늑대의 말에 공감하면서도 늑대의 행동을 의아스럽게 바라봤다. 늑대도 매년 이런저런 핑계를 대며 곰을 도와주지 않았기 때문이다. 이번에 다른 동물들이 빠지면 자기 할 일이 많아지기 때문에 억울하기도 하고 미리 손을 쓰지 못한 것에 대한 자책이라는 것을 사슴은 미루어 짐

작할 수 있었다.

어쩔 수 없이 늑대와 사슴 그리고 곰이 모내기를 하기 위해 길을 나섰다. 늑대는 무엇이 못마땅한지 가는 내내 투덜거렸다.

그때 마을 어귀에서 새로운 동물이 잔뜩 짐을 싣고 들어오고 있었다. 바로 너구리 가족이었다.

며칠 전 읍내로 떠난 고양이 집에 너구리 가족이 이사 온다는 이야기는 들었지만, 오늘인 줄은 몰랐다. 너구리 가족은 작은 체구에도 불구하고 도시에서 큰 부자였다는 소문이 돌던 터라 늑대가 재빨리 뛰어가 반갑게 맞이했다. 얼마 후 어디서 소문을 들었는지 그렇게 아프다던 여우와 돼지도 너구리 주변에 모였다.

너구리 가족은 마을에 도착하자 이사하는 것을 도와주면 오늘 저녁 큰 잔치를 베풀겠다고 했다. 여우와 돼지 그리고 늑대가 바로 그렇게 하겠다고 했다.

사슴이 곰 가족의 모내기는 어떻게 하냐고 물었다. 늑대가 우리 마을로 이사 온 동물이 잘 정착할 수 있도록 도와주는 것이 먼저라며 일의 선후도 모른다며 사슴을 나무랐다. 그러더니 가장 힘이 센 곰을 보고 함께 가 줄 것을 부탁했다.

모두 곰의 얼굴을 바라보자 곰도 내심 모내기 시기를 놓칠까 봐 걱정은 되었지만, 자기만 안다고 욕할까 봐 따르기로 했다.

곰은 무거운 짐은 물론이고 너구리가 살 집 구석구석을 마치 자기 집 꾸미듯 열심히 일했다. 다른 동물들은 너구리 주변에 모여 도시 이야기와 어떻게 돈을 모았는지 수다 떨기에 분주했다. 몰염치에 화난 사슴이 곰에게 그냥 가자고 했지만, 곰은 약속을 했으니 해야 한다며 의지를 꺾지 않았다.

미련한 곰을 보고 화가 난 사슴이 뿔로 기둥을 몇 번 박더니 괴성을 지르며 집 밖으로 뛰쳐나갔다. 다른 동물들이 사슴의 행동을 의아한 눈으로 보다가 성질이 못됐다며 흉보더니, 이내 아무 일 없었던 것처럼 너구리 옆에 앉아 조잘거렸다. 곰이 혼자서 너구리 집을 마무리할 때쯤 어둠이 내리기 시작했다.

마을 동물들이 곰에게 수고했다며 격려를 아끼지 않았다. 곰이 마을의 기둥이고 곰이 없다면 마을에 되는 일도 없다며 앞으로 어려운 일이 있으면 곰에게 부탁하라며 너구리에게 앞다투어 추천했다. 너구리도 곰에게 악수를 청하며 참 착하고 성실한 동물이라며 칭찬했다. 곰은 동물들의 칭찬에 부끄러워하며 당연히 해야 할 일을 했다며 손사래를 쳤다.

이윽고 너구리 집에 음식을 가득 실은 뷔페 차가 도착했다. 읍내에 갔던 호랑이도 부자 이웃이 왔다는 소식을 듣고 헐레벌떡 너구리 집으로 달려왔다. 호랑이 손에 읍내에 있는 옷가게 쇼핑백이 여러 개 들려져 있었다. 호랑이가 서둘러 너구리에게 손을 내밀고 인사하더니 쇼핑백 하나를 입주 기념이라며 선물했다.

곰은 모내기가 걱정되었다. 계속 이어진 농사일로 너무 피곤해서 입맛도 없어졌다. 너구리는 농사일이 서툴다며 마을 사람들에게 많이 도와 달라고 일일이 인사도 했다. 너구리의 후한 인심에 마을 동물 모두가 너구리를 좋아했다.

그때 너구리 옆에 앉아 있던 여우가 근심 가득한 얼굴로 너구리를 바라봤다. 다른 동물들이 왜 그러냐고 물었다. 너구리한테 좀 전에 얘기를 들었는데 논을 샀는데 내일 모내기를 하지 않으면 모레부터 계속 비가 와서 걱정이라고 했다. 너구리가 걱정이 많아서 자기도 걱정된다고 했다.

그때 여우가 모내기할 줄도 모르는데 우리 모두 내일 너구리 집 모내기를 하자고 제안했다. 마을 동물들이 모두 두 손을 들고 찬성했다. 그리고 일제히 곰을 봤다. 곰은 자기 모내기 때문에 머뭇거렸다.

곰은 자기 모내기는 혼자 할 테니 너구리 모내기는 여러분들이 도와주면 좋겠다고 말했다. 지금까지 모두 곰에게 모내기를 의존했고, 곰 없이는 모내기를 감당할 수 없다는 것을 잘 알기에 동물들은 곰을 이웃을 외면하는 이기적이고 몰염치한 동물이라고 손가락질했다. 동물들이 모두 곰을 비난하자 곰도 자신의 욕심이 지나쳤다며 사과하고 내일 도와주겠다고 했다. 곰의 결정에 동물들이 이런 착한 동물은 없을 거라며 또 곰을 칭찬했다.

다음날 곰은 너구리 가족의 모내기를 열심히 도와주었다. 너구리는 일이 서툴다며 논 밖에서 구경했다. 동물들이 너구리가 심심해할까 봐 번갈아 가며 너구리 옆에 앉아 아양을 떨었다. 곰은 너무 힘들어 다리가 후들거렸다. 모내기가 끝난 후 다른 동물들은 너구리 집에 모여 또 잔치를 벌였지만, 곰은 너무 피곤해 집에서 쉬었다. 집에 돌아오자 아기 곰이 아빠 곰의 피곤한 다리를 밟아 주었다.

그때 사슴이 무척 화가 난 상태로 곰 집에 왔다. 동물들이 고깟 일 좀 더 했다고 너구리가 베푸는 잔치에 오지 않는 곰을 욕하고 있어서 화가 나서 왔다고 했다. 곰은 평온한 모습으로 화내지 말라고 했다. 함께 어울리지 못한 자기가 미안하다고 했다. 곰의 말을 듣고 사슴이 분을 참지 못하고 바닥에서 훌쩍훌쩍 뛰더니 알아

듣지 못할 고함을 지르고 나가 버렸다.

아빠 곰이 아기 곰에게 다른 동물들한테 무슨 일이 있더라도 욕을 얻어먹어서는 안 되고 착하게 살아야 한다고 말했다. 엄마 곰이 답답한 마음에 가슴을 쳤다.

다음날 억수처럼 내리는 빗줄기 속에 곰이 혼자 모 내기를 한다.

스스로 착하다 하지 않았다.
착한 프레임은 상대가 씌운 족쇄다.
착함에서 해방되자.
모든 사람들로부터 사랑받을 필요는 없다.

세상의 반쪽,
나 세모

    네모들이 대부분 사는 마을에서 제일 선남선녀는 정사각형 얼굴이다. 대부분이 직사각형이고, 간혹 마름모도 있다. 마름모는 우스꽝스럽다고 놀림을 당했다. 젊은 직사각형 네모들은 최대한 정사각형에 가까워지기 위해 수술을 하기도 했다. 이따금 부작용으로 가끔 각이 나오지 않는 이상한 사각형이 되기도 했지만, 정사각형이 되고자 하는 시도는 끊임없이 이어졌다.

    네모가 대부분인 마을에서 가장 희귀한 도형은 각이 없는 타원형이다. 타원형은 네모들이 가장 혐오하는 얼굴이기도 했다. 타원형으로 태어나면 괴물 보듯 했다.

그런데 최근에 타원형보다 더욱 놀라운 얼굴이 태어났다. 세모이다. 세모의 엄마는 반듯한 각이 나오는 정사각형이다. 아빠는 타원형이다. 아빠는 네모 마을 외곽에서 점들을 키우며 생계를 유지하고 있었다. 점은 네모 마을의 주식이다. 점이 자라 선이 되고 선이 자라 온전한 도형이 될 수 있다. 가장 중요한 주식인 점을 생산하면서도 아빠는 타원형이라는 이유로 멸시를 받았다. 둘 사이에 태어난 아이가 바로 세모이다. 네모와 타원형이 결혼한 것도 처음이지만, 세모가 태어난 것도 처음이다.

아빠는 타원형 얼굴 때문에 친구도 없고 교육도 많이 받지 못했다. 아빠는 네모들의 무시에도 불구하고 소수인 타원형의 권익 향상을 위해 많은 일을 했다. 그런 열정적인 모습에 세모 엄마는 가족과 친구들의 반대에도 불구하고 결혼했다.

세모는 어릴 때부터 자신의 모습이 다르다는 걸 알았다. 또래의 아이들도 세모를 괴물 쳐다보듯 했고, 함께 놀아주지 않았다. 아무리 반갑게 웃으며 인사해도 놀리거나 피하기가 다반사였다. 세모는 외모가 남들과 다른 것은 아빠 때문이라며 원망했다.

이 세상에 세모가 설 자리는 없었다. 아빠는 세모에게 외모보다 열정과 능력이 중요하다고 했지만, 소용없었다. 세모는 결국 이 세상 어딘가에 반드시 세모들도 존중받으며 차별 없이 사는 마을이 있으리라 생각하며 떠나기로 했다.

아빠는 모든 것이 다 자기한테서 비롯된 것 같아 몹시 괴로워했다. 그렇다고 이제 자신의 정체성을 알기 시작한 세모의 의지를 막을 수 없었다. 아빠는 엄마와 함께 고민했다. 그리고 세모가 길을 떠나는 것을 허락했다.

부모님은 생각했다. 언제가 분명 세모는 자신의 외모가 괴물이 아니라 단지 다를 뿐이라는 것을 깨닫게 될 거라고 믿었다. 네모도, 세모도, 타원형도 모두 선으로 이어진 도형이라는 건 마찬가지니까.

　나와 다르다고 해서 그것을 비난할 자격은 어느
누구에게도 없다. 다른 것은 틀린 것이 아니고, 옳
지 못한 것이 아니다.

순정

사자 한 마리가 초원에서 동료들과 경쟁이 싫어 밀림에 들어왔다. 밀림은 사자에게 낯설기는 했지만, 엄격한 위계질서와 경쟁이 판치는 초원에서 벗어난 것만으로도 행복했다. 그런데 문제는 외로움이었다. 밀림에 사는 동물들과 친구가 되고 싶었지만, 자신의 모습에 어떤 동물도 가까이 오지 않았다. 다가가면 피하고, 쫓아가면 도망치고 사자는 말 한번 제대로 붙여 보지 못했다.

사자는 포기하지 않았다. 어느 날 사자는 나무 위에서 조금씩 움직이는 나무늘보를 발견했다. 나무늘보는 다른 동물들처럼 달아나지 않았다. 사자는 신이 났다. 드디어 밀림에서 처음으로 말을 건넬 수 있는 동물이 생길 것 같았다. 내심 기대를 하고 뛰어갔다. 나무늘보가 숨을 헐떡이며 공포에 질린 눈으로 사자를 바라봤다. 나무늘보는 매우 빠른 속도로 이동했지만, 사자의 눈엔 그 자리였다. 나무늘보는 숨을 죽인 채 사자의 행동을 경계했다. 사자는 나무늘보에게 환한 미소를 보이며 친구가 되고 싶다고 말했다.

의외의 말에 나무늘보는 당황한 표정으로 사자를 쳐다봤다. 단지 그는 이 상황을 모면하고 싶은 마음뿐이었다. 나무늘보는 사자가 너무 무서워 오들오들 떨리는 목소리로 일단 생각해 보고 말해 줄 테니 나중에 오라고 말했다. 사자는 꼭 다시 올 테니 꼭 친구가 돼주기를 간청했다. 나무늘보는 사자가 떠나자 나름 잽싸게 움직였다.

사자는 또 친구를 찾기 위해 길을 떠났다. 얼마 지나

지 않아 커다란 흙기둥을 발견했다. 흙기둥은 조금씩 들썩거리고 있었다. 사자는 경계를 하며 흙기둥 주위를 유심히 살폈다.

그때 주둥이가 유난히 긴 동물이 흙기둥에 머리를 처박고 뭔가를 먹고 있었다. 개미핥기였다. 사자가 조심스럽게 다가가 어깨를 두드렸다. 사자를 본 개미핥기가 놀란 나머지 흙기둥 속으로 더 깊이 머리를 처박고 엉덩이만 바둥거렸다. 개미핥기의 우스꽝스러운 모습에 사자는 웃음이 터졌다. 사자는 뒤꽁무니에 바짝 얼굴을 들이밀며 친구가 되고 싶다고 말했다.

개미핥기는 버둥거리는 뒷발만 보일 뿐 아무 대답이 없다. 보다 못한 사자가 커다란 손으로 개미핥기의 꼬리를 당겼다. 비명과 함께 소스라치게 놀란 개미핥기의 머리가 밖으로 나왔다. 사자는 최대한 온화한 인상을 지으며 개미핥기를 바라봤다.

개미핥기는 입가에 흙을 잔뜩 묻힌 채 사지를 떨고 있었다. 얼마나 놀랐는지 오줌까지 지리고 있었다. 사자가 다시 친구가 되고 싶다고 했다. 개미핥기가 정신

줄을 놓은 채 떨리는 목소리로 친구라고 되물었다. 사자가 고개를 끄떡였다. 개미핥기는 어안이 벙벙한 표정으로 고개를 수십 번 끄떡였다.

사자는 기쁜 나머지 개미핥기를 꼭 안아 주었다. 사자의 품속에 개미핥기의 긴 주둥이만 보였다. 사자는 개미핥기와 약속을 다짐하고 또 다른 친구를 찾기 위해 길을 떠났다. 개미핥기는 사자가 떠난 후 빨리 이곳을 떠나야겠다고 생각했지만, 눈앞에 개미를 보자 사자와의 약속을 까맣게 잊어버리고 개미집을 열심히 팠다.

사자는 나무늘보와 개미핥기를 친구로 만들었다고 생각하자 자신감이 생겼다. 사자는 더 당당하게 친구를 찾기 위해 숲속으로 향했다. 그때 사자의 머리 위로 바나나 껍질이 떨어졌다. 사자가 고개를 들어서 보니 원숭이 한 마리가 태평하게 누워서 바나나를 먹고 있었다.

사자가 원숭이를 불렀다. 우렁찬 사자의 목소리에 놀란 원숭이가 나무에서 그만 떨어지고 말았다. 사자는 반가운 얼굴로 뛰어갔다. 깜짝 놀란 원숭이가 죽음을 예견하듯 질끈 눈을 감았다. 그런데 사자가 밝은 표정으로 친구가 되고 싶다고 하자 원숭이 눈이 휘둥그레졌다.

"친구?"

사자는 원숭이에게 초원에서 경쟁하며 사는 것이 싫어 이곳에 왔다며 밀림에 사는 동물들과 친구가 될 수 있다면 뭐든지 할 수 있다고 말했다. 그 말에 원숭이 머리가 바쁘게 돌아갔다. 사자는 애타는 눈으로 원숭이를 바라봤다.

"밀림에서 친구가 되기 위해서는 조건이 필요한데…."

원숭이가 조심스럽게 말을 하며 사자의 눈치를 살폈다.

"그게 뭔데? 어서 말해 줘. 난 초원에서 와서 이곳 생활을 잘 몰라."

순간 원숭이는 어쩌면 사자를 자신의 종처럼 쉽게 부릴 수도 있겠다 생각했다.

"친구가 되려면 먼저 친구를 위해서 헌신적인 모습을 보여줘야 해!"

사자는 친구만 될 수 있다면 어떤 일도 하겠다고 했다. 그의 말을 듣자 원숭이 표정이 묘하게 바뀌었다.

"무릎 꿇어!"

"뭐라고?"

원숭이의 반말에 사자는 놀란 표정으로 되물었다. 원숭이는 두려웠지만, 조금 전 한 말을 상기시키며 친구가 될 준비가 안 돼 있다며 자리에서 일어나려고 했다.

사자는 원숭이의 다리를 잡고 친구가 되어 줄 것을 애절하게 바라보며 무릎을 꿇었다. 원숭이는 친구가 될 때까지 자신에게 말을 높이고 어디를 가든 자신을 등에 태우고 다니라고 했다. 사자는 기분이 언짢았지만 그렇게 하겠다고 했다.

사자의 등에 탄 원숭이가 밀림을 거닐자 숲속 동물들이 삼삼오오 모여 놀라운 눈으로 원숭이를 바라봤다.

"봤지? 나하고 친구가 되면 이렇게 많은 친구들이 다 네 친구가 되는 거야. 나한테 잘 해야 돼!"

사자는 모여든 동물들을 보고 원숭이를 만난 것은 큰

행운이라 여기며 기뻐했다. 사자는 숲속 모든 동물과 친구가 되고 싶다고 말했다.

원숭이는 사자에게 그런 이야기를 하면 친구가 될 수 없으니 자신이 하라는 대로 하면 된다고 사자를 꾸짖었다. 너무나 강경한 원숭이의 태도에 사자는 주눅이 들었다. 조금 더 걸어가자 조금 전 봤던 개미핥기가 여전히 머리를 처박고 개미를 먹고 있었다. 사자는 개미핥기가 개미 외에는 관심이 없는 것을 보고 씁쓸했다.

그러나 잠시 후 나무늘보가 도망가지 않고 그 자리에 있는 것을 보고 사자는 너무 반가웠다. 나무늘보가 그 자리에 있는 것은 너무 느렸기 때문이지만 사자는 자신을 기다리는 줄 알고 있었다. 사자는 다시 한번 나무늘보에게 친구가 될 의향이 있는지 물었다. 너무 무리하게 몸을 움직여서인지 나무늘보가 격한 호흡을 가다듬으며 간신히 그냥 이대로 살게 해달라고 말했다. 사자는 나무늘보의 이야기에 크게 실망했다.

원숭이는 의기소침한 사자를 다독거리며 밀림에서 자기 말을 잘 들으면 다른 동물과도 친구가 될 수 있도록 하겠다고 했다. 사자는 그래도 진정 자신을 챙기고 위로하는 원숭이가 고마웠다. 원숭이가 진정한 친구라 생각한 사자는 원숭이 말은 무조건 듣고 실천했다.

세월이 흐르면서 사자는 자신도 모르게 어느새 원숭이의 말을 듣는 것이 익숙해져 버렸다. 원숭이가 명령하지 않으면 아무것도 할 수 없었다. 시키는 것만 하고 그 옛날 초원을 누비던 맹수의 본능도 잊어버렸다.

　다른 친구들은 언제 소개해 줄 거냐고 물으면 원숭이는 아직 더 자기한테 잘해야 한다며 무시했다. 다른 동물들도 원숭이의 종이 되어 버린 사자를 무서워하지 않게 되었다. 시간이 아무리 흘러도 사자는 원숭이의 친구가 되지 못했다. 사자를 수족으로 거느린 원숭이는 밀림에서 가장 힘이 센 동물이 되었다.

내가 나를 부리지 못하면 남이 나를 부린다.
힘들어도 부딪혀 보자. 갱!

빡 친
쓰레기통

플라스틱으로 만들어진 물건 가운데 나처럼 천대받는 물건도 없다.

"내가 뭐냐고요?"

쓰레기통이다. 사람이 황인종, 백인종, 흑인종 등으로 나눠진 것처럼 우리도 사무실, 길거리, 가정, 식당, 공장 등 사용처에 따라 생김새도 종류도 다양하다.

급할 땐 우리를 대신해 비닐봉지가 사용되기도 하지만, 결국 집결지는 우리 쓰레기통이다. 순화해서 휴지통이라고도 한다. 직업에 귀천이 없듯 또 어차피 누군가는 해야 할 일이기에 어디에 있든 본연의 역할을 한다.

쓰레기라는 표현이 좀 거슬리기는 하지만, 쓰레기도 한때 누군가에게 소중하고 필요했던 물건이다. 태어날 때부터 쓰레기로 태어난 물건은 없다. 다만 필요가 없어지거나 용도가 다해 버려지는 것일 뿐이다. 내가 안타까운 건 쓰레기로 분류되기에는 아직 쓸 만한데도 나에게 오는 경우다. 일부는 재활용되기도 하지만, 특별한 경우를 제외하고는 소각되어 흔적도 없이 사라진다.

쓰레기 가운데서도 감정을 상하게 하는 쓰레기가 있다. 바로 담배다. 특히 내가 위치한 곳에는 매일 담뱃재와 꽁초가 내 몸속으로 들어온다. 내 몸은 니코틴으로 찌들어 있다 해도 과언이 아니다.

지금 내 몸에는 담뱃불을 끄기 위해 내 몸에 지진 상처로 멍들어 있다. 담뱃불 온도가 보통 500~800도라고 하니 화상을 입지 않는 게 오히려 이상하다. 나도 처음 세상에 나올 때는 깔끔하고 반듯했다. 원래 뚜껑도 쓰고 있었다. 뚜껑은 최소한 내 몸을 보호하고, 우리의 품위를 높여 줄 수 있는 장치였다.

사무실에 들어온 지 얼마 지나지 않아 마지막 자존심인 뚜껑은 사라졌다. 주인이 뚜껑 때문에 담뱃불 끄기가 거추장스럽다며 버렸다. 뚜껑이 없으니 담뱃불이 직접 내 몸통에 던져지고 지져졌다.

때로는 그 뜨거운 것이 덜 꺼져서 내 몸에 있던 다른 쓰레기에 옮겨붙어 불이 나기도 했다. 정말 비참하고 참을 수 없는 건 담뱃불 끌 때 침을 뱉는 것이다. 더 압권인 것은 몇 번 시도 끝에 꺼지지 않으면 아수라가 포효하듯 본인 체액을 모두 모아 걸쭉한 가래침을 부을 때다. 마음 같아서는 그놈 입에 내 몸에 있는 쓰레기를 고스란히 되 넣어주고 싶다. 아무튼 담배 때문에 내 몸은 완전히 망가졌다.

좋다. 내가 쓰레기통이니 이깟 수모는 감내할 수 있다고 치자. 그런데 담배의 태도가 못마땅하다. 물론 자신도 태워지고 으깨어지니 그 팔자도 기구하지만, 체념을 한 건지 반성할 줄 모른다. 담배는 종류를 불문하고 들어올 때마다 매번 똑같은 말을 되풀이한다.

"난 원래 성격이 그래. 그러니까 네가 이해해."

그럼 쓰레기통은 언제나 쓰레기통이기 때문에 일방적으로 이해만 해야 하는지 되묻고 싶다. 꽁초는 가해자고 난 피해자다. 세상에 원래라는 게 어디 있나? 고치면 고칠 수 있다. 그냥 고치기 귀찮고, 상대방을 배려하는 마음이 없어 그렇게 궤변을 늘어놓는다. 담배가 한 번도 아니고 매번 그렇게 말하는 것은 쓰레기통에 대한 무시이자 그런 노력조차 하지 않는다는 것을 의미한다.

심지어 식당에서 밥 먹고 난 뒤 밥그릇에다 담배를 비벼 끄는 경우도 종종 있다. 비단 이뿐만이 아니다. 소주병, 캔맥주, 음료수병 등 꽁초는 다른 모든 물건을 쓰레기로 만든다. 그럴 때도 담배는 원래 내 성격이 그러니 이해하라고 한다.

담배에게 정중히 요청한다. 제발 주위에 있는 다른 물건들도 생각해 주기 바란다. 세상은 함께 더불어 살아가는 것이라는 것을 알아줬으면 좋겠다. 만일 이렇게 요청해도 그 성격을 버리지 않으면 퇴출의 길을 면치 못할 것이다.

세상에 "원래 난 그래."는 없다.
대다수 사람이 싫어하면 제발 좀 바꾸세요.

제2부

멸치
날다

"카더라"
전성시대

　요즘 들어 잘 나가는 용언 '카더라'가 자신의 성공을 자축하기 위해 용언을 집으로 초대해 만찬을 베푼다. 내로라하는 많은 용언이 '카더라'의 성공을 축하하기 위해 모였다. 용언 가운데서도 성깔 있기로 소문난 '확실히'와 '틀렸어'가 '카더라'를 안고 가장 크게 기뻐해 주었다. 용언이 많이 모이자 '카더라'가 일장 연설을 했다.
　"참으로 감개무량합니다. 나한테 이런 영광이 올 줄은 생각해 보지 못했습니다. 돌이켜 보면 인터넷이라는 매체를 남들보다 빠르게 활용하면서 이런 영광이 찾아

온 것 같습니다. 사실 지금의 영광은 여기 있는 '확실히' 와 '틀렸어' 두 형님이 도와주지 않았다면 불가능했습니다. 저의 부족한 면을 이 두 용언이 신뢰감을 줄 수 있도록 채워 줬기 때문에 가능했습니다. 여러분들도 언젠가는 용언 가운데 나처럼 사람들에게 회자될 수 있는 날이 있을 거라 기대하며 오늘 맘껏 드시고 즐기시기 바랍니다."

'확실히'가 자리에서 일어나 브라보를 외치며 힘차게 박수를 치자 다른 용언이 눈치를 보며 일어나 박수를 쳤다. 잔치가 무르익을 무렵 '그럴 줄 알았어'가 분위기를 다잡으며 마이크를 잡았다. 먼저 '카더라'에게 근거 없는 말들을 단시간 내에 회자될 수 있도록 하는 비결이 뭐냐고 물었다.

"재미있잖아."

'카더라'의 명쾌한 말에 '그럴 줄 알았어'가 촌철살인 같은 한마디라며 '카더라'를 치켜세웠다. 이어 큰 도움을 준 '확실히'와 '틀렸어'에게 무슨 근거로 '카더라'를 그렇게 밀어줬냐고 물었다.

"그건 사람들은 근거가 있든 없든 이슈를 찾는 속성이 있어. 또 '틀렸어'가 다른 불필요한 지적을 단호하게 차단해 줬고. 맞지?"

'틀렸어'가 '확실히'의 손을 잡고 우정을 과시했다.

한껏 분위기가 고조된 가운데 구석에서 조용히 술잔을 기울이던 용언 가운데 소심하기로 소문난 '그럴 수도 있어'가 술기운을 빌려 불만을 토로했다.

"근거도 없이 그렇게 함부로 말하는 건 너무 무책임해. 우리 용언의 수치라고."

"수치? 언어의 고유 기능이 뭔지 알아? 우리는 끊임없이 이슈를 확대 재생산해야 해. 그러려면 나 같은 용언이 많이 활동해야 해. 알지도 못하면서."라고 말하며 '카더라'가 콧방귀를 뀌었다.

함께 있던 '따르면'이 조심스럽게 끼어들었다.

"대화할 때 내가 들어가면 그런 근거 없는 말은 좀 자제될 것 같은데."

"그러니까 너희들은 발전이 없는 거야. 너희들은 너무 약해. 그렇게 이야기하면 그냥 묻혀 버려. 사람들은 자극적이고 단번에 기억되는 말을 좋아한다고. 끊임없이 의문이 제기되는 상황 재밌잖아! 그때 내가 꼭 필요해. 그래서 인기가 있는 거라고. 답답하네."

'카더라'가 '따르면'을 한심한 눈으로 바라보았다.

"대화가 뭐야? 상대방을 설득하고 내 편으로 만드는 게 대화야. 그러려면 듣는 사람한테 우리처럼 확신을 줘야지. 그래야 먹힌다고."

'확실히'가 '틀렸어'를 보고 동의를 구하자 '틀렸어'가 맞장구를 쳤다.

"결과의 파장은 중요하지 않아. 사람들 입에 오르내리는 게 중요하지."

'틀렸어'의 이야기에 '카더라'와 '확실히'가 지극히 당연한 이야기라는 듯 고개를 끄떡였다.

"너희들은 한 사람의 인생을 좌우할 수도 있어. 신중해야 해. 얘들아, 제발 좀 정신 차려!"

'그럴 수도 있어'가 취기 오른 눈으로 세 용언을 바라보았다.

"뭐? 소심한 용어가 건방지게. 네가 우리한테 감히 충고해? 이것도 저것도 아닌 애매한 용어를 쓰는 너는 오히려 혼란만 초래한다고. '카더라'는 듣는 사람에게 호기심을 유발하고, 또 우린 확신을 심어 판단을 빠르게 해. 혼란을 줄이는 거라고. 반성해야 하는 건 너야!"

'확실히'가 고개를 빳빳이 들고 틀린 말 있으면 해보란 자세를 취했다.

"우리도 너희들처럼 그렇게 말할 수도 있어. 그렇지만 상대방을 배려해서 그렇게 말하는 것뿐이라고."

'따르면'이 화가 난 듯 자리를 박차고 나갔다. '카더라'가 가소롭다는 표정을 지었다.

"저 봐! 왜 자기가 말해 놓고 스트레스 받아. 저것도 자기 의견이 통하지 않으니까 그런 거라고. 그냥 "카더라" 하면 돼! 그냥 소문을 전달한 것뿐이야. 그게 진실일 수도 있고 거짓일 수도 있는데, 그건 알아서 판단하는 거지. 적어도 난 우리 용언이 말을 많이 하게 하는 기폭제 역할을 하는 거야."

'틀렸어'와 '확실히'가 열변을 토한 '카더라'에게 엄지손가락을 치켜세우며 서로 히죽거렸다. '그럴 수도 있어'가 '따르면'이 떠난 자리를 허탈한 눈길로 물끄러미 보았다. '그럴 줄 알았어'가 '카더라'의 말에 한껏 고취되어 사회를 이어 갔다. '카더라'가 마련한 만찬의 밤이 깊어 갔다.

진실과 상관없은 소문 배달! 이제 그만합시다!
본인도 상대방도 병든다.
사람들은 처음에는 거짓말을 믿지 않지만 시간이 지나면 의심하고 결국에는 거짓말을 믿게 된다.

불독의
꿈

올해도 크리스마스가 다가온다. 혼자서 TV를 안고 외롭게 보낼 걸 생각하니 벌써 기운이 빠진다. 여자 친구를 사귀고 싶다. 아무것도 안 하면 안 될 것 같은 조바심이 났다. 분명 이번 크리스마스도 나처럼 혼자 보낼 여성도 있을 텐데 그녀는 지금 어디 있단 말인가?

상심한 불독이 화려하게 빛나는 도심의 네온사인을 옥탑에서 내려다봤다. 도심의 불빛은 흥에 젖어 춤을 춘다. 차가운 바람이 오늘따라 유난히 찌그러진 불독의 뺨을 때리고 지나갔다. 정신이 아찔하다.

그때 화려한 네온사인 사이로 달빛 드레스를 입은 어여쁜 요크셔 한 마리가 하늘거리며 다가왔다. 상큼한 윙크까지 건네는 그녀의 미소에 불독의 눈알이 뱅그르르 돌아갔다. 그녀가 가녀린 손으로 가까이 오라고 손짓했다.

　"얼마나 오래 기다렸다고요. 어서 와요."

　불독이 헤벌쭉거리며 그녀를 향해 손을 뻗었다.

　"픽"

　그녀가 눈앞에서 사라졌다. 신경질적으로 뒤돌아본다. 아버지다.

　"이놈이 드디어 미쳐가는구나."

　불독이 뒤통수를 매만지며 쏘아 봤다.

　"아~ 아버지! 한참 좋았는데…."

　"이놈이 어딜 째려봐! 정신 차려!"

　"왜 하필 많고 많은 개 중에 우린 못생긴 불독이에요. 내가 여자 친구를 못 사귀는 것도 불독으로 태어났기 때문이에요."

불독이 아버지의 어깨를 신경질적으로 툭 건들며 집으로 들어갔다. 아버지가 비틀거렸다.

"저놈이 저게."

거실에 들어서자 여위어서 더 늙어 보이는 어머니와 눈이 마주쳤다. 애써 어두운 눈빛을 뒤로하고 방으로 들어갔다.

거울을 봤다. 쭈글쭈글하다. 양손으로 얼굴을 좌우로 당겼다. 고무줄도 아닌데 한없이 늘어났다. 한숨밖에 나오지 않는다. 침대 위에 벌렁 드러누웠다. 옆에 있던 잡지를 얼굴 위에 갖다 대다가 벌떡 일어나 잡지를 펼쳤다. 보톡스란 글씨가 눈에 박혔다.

"그래, 이거야. 이거라고. 왜 이걸 생각하지 못했지?"

불독이 잡지를 들고 거실로 나갔다. 얼굴에 화색이 도는 불독을 보고 아버지의 눈도 함께 커졌다. 아버지는 알았다. 분명 가당치도 않는 이야기를 할 것이라는 것을 아는 눈치다.

"아버지! 어머니! 우리 보톡스 맞아요."

"미친놈."

"이거 맞으면 우리도 멋진 개가 될 수 있다고요."

"좋아. 돈은 제쳐두고라도 주름이 펴지면 그럼 우린 어떤 개가 되는 거냐?"

"불독이란 걸 다른 개들이 눈치 못 챈다면 성공이죠."

아들 불독의 눈이 반짝거렸다.

"불독 중에도 잘사는 개들도 많아. 불독으로 태어난 게 그렇게 싫니?"

"아버지는 좋으세요?"

"그래. 난 엄마를 만나 이렇게 잘살고 있잖아. 너만 정신 차린다면 문제없어."

"내가 지금까지 결혼 못 한 건 못생긴 얼굴 때문이라고요."

"우리처럼 불독끼리 결혼하면 되잖아?"

"불독 중에 솔직히 예쁜 여자가 어디 있어요? 쭈글탱이에 침도 질질 흘리고, 난 불독이 싫어요. 요크셔나 시베리안허스키처럼 멋진 개를 만나 폼나게 살 겁니다."

"너희 엄마도 그럼 못 생겨서 싫은 거니? 외모가 중

요한 게 아니야. 핑계보다 당당한 모습을 보고 싶구나."

"아~ 공자님 같은 말씀 하지 마세요. 그럼 저 혼자 보톡스 맞을게요. 돈 주세요."

"우리 형편에 그럴 돈도 없고. 있다 해도 못 줘."

불독이 자리를 박차고 집을 나갔다. 거리로 나서자 멋진 개들이 눈에 들어왔다.

"그래. 인생은 한 방이야. 외모가 돼야 여자도 사귀고 돈도 벌 수 있다고. 내가 지금까지 지지리 궁상을 떤 것도 이 쭈글쭈글한 주름 때문이라고. 나라고 잘 나가는 풍산개나 진돗개가 못되란 법 없지."

불독은 태어나 처음으로 막노동을 했다. 힘이 좋았기 때문에 공사 현장에서 불독의 인기는 높았다. 현장에 있는 개들이 계속 함께 일할 것을 부탁했지만, 자기는 이런 곳에 있을 개가 아니라며 거부했다. 현장 소장인 시베리안허스키가 불독의 재능을 눈여겨보고 정식 직원으로 채용하겠다고 했지만 막무가내였다.

불독은 재능보다 중요한 건 외모라고 생각했다. 어느 정도 돈을 모으자 공사 현장을 떠나 바로 병원을 찾왔다. 의사가 여자 불독이다. 불독이 피식 웃으며 콧방귀를 뀌었다.

'성형외과 의사면 자기 얼굴부터 손대지. 나 참 어이가 없네. 그냥 갈까? 아니야. 여기까지 왔는데 한번 견적이나 받아 보자'

불독은 혼잣말을 하며 탐탁찮은 표정으로 주름 펴는데 얼마냐고 물었다.

"그 많은 주름을 다 펴려면 비용이 상당히 들어갈 텐데. 제 소견으로는 그냥 사시는 게 나을 것 같습니다. 부작용 우려도 있고."

"선생님. 병원에서 왕따죠?"

"네?"

"못생긴 불독 좋아하는 개들이 어디 있어요? 공부 되게 열심히 하셨나 봐요? 결혼은 했나요? 했으면 보나마나 불독하고 했겠지요?"

의사 불독이 어이가 없는 표정으로 물었다.

"불독인 게 부끄러워요?"

"천추의 한이죠. 여기서 시술하라고 해도 안 해요."

"당장 나가세요. 여기보다 정신과를 찾아 상담하는 게 좋을 것 같네요."

"뭐라고요? 선생님! 같은 불독이니까 저도 충고 하나 할께요. 선생님도 외모에 신경 좀 쓰세요. 돈 벌어 뭐해요. 그 주름 굉장히 거슬리거든요."

"나가요!"

불독이 큰소리를 치며 기세 좋게 병원을 나섰다. 이후 몇 개 병원을 돌아다녀도 회의적인 대답만 돌아왔다. 불독은 병원에서 퇴짜맞자 오기가 올라왔다. 무허가 시술을 받기로 했다.

시술 후 불독의 얼굴이 주름 하나 없이 몰라보게 평평해졌다. 그러나 몸이 문제였다. 얼굴은 팽팽한데 몸은 그대로여서 어딜 가나 눈에 띄었다. 지나가던 개들이 이상한 몰골의 불독을 보고 키득거렸다. 집에 들어서자 부모님도 몰라봤다. 아들이라고 사정해도 낯선 개라며 집에서 내쳤다. 반질거리는 얼굴에 입 주위에 주름조차 없어져 침은 그대로 바닥에 흘려 실성한 개처럼 보였다.

여자 친구는커녕 개들이 말을 섞으려고도 하지 않았다. 같은 불독도 미친개 쳐다보듯 피했다. 불독은 이제 혼자다. 얼마 후 보톡스 효과가 떨어지자 그의 얼굴은 부작용으로 주름이 더 많이 생겨 흉측해졌다. 다시 수술비를 벌기 위해 공사 현장도 찾아갔지만, 이상한 얼굴 때문에 막노동도 할 수 없게 되었다. 불독은 지금 어디 있을까?

사랑은 먼저 자신을 인정하고 사랑하는 데서 출발한다.

자신을 존경하고 추앙하자. 당신은 충분히 멋진 사람이다.

호랑이
밥

호랑이의 습격에 위협을 느낀 숲속 동물들이 모여 대책 회의를 했다. 촌장인 염소가 그간 피해 현황을 설명하고 동물들의 의견을 구했다.

"우리도 이제 당하고만 있을 수는 없어요. 우리가 호랑이를 먼저 공격합시다."

마을에서 다혈질이라고 소문난 황소가 촌장의 말이 끝나기 무섭게 목청을 높였다.

"옳소. 이참에 호랑이를 몰아냅시다."

얼룩말이 황소의 의견에 맞장구를 쳤다.

"그러면 좋겠지만, 우리 같은 동물들은 가더라도 큰 도움이 되지 않으니 빼 주세요."

토끼가 원숭이, 거북이, 다람쥐 등을 보며 얼룩말의 제안에 회의적인 반응을 보였다.

"그런 나약한 자세부터 고쳐야 해. 마을을 지키는데 희생은 감수해야지. 뒤로 물러설 궁리만 하니 호랑이가 우릴 우습게 보고 자꾸 마을에 나타나는 거야."

황소가 한심한 눈초리로 토끼를 봤다.

"우리도 그러고 싶지만 싸움은커녕 먼저 당할 겁니다!"

얼마 전 호랑이에게 친구를 잃은 토끼의 눈이 빨갛게 충혈되어 있다.

"아마 나는 여러분을 따라가지도 못할 겁니다."

거북이가 고개를 푹 숙였다.

"그럼 어떡하자고. 우리가 죽든 말든 여기 있겠단 말이야?"

황소가 흥분을 주체하지 못하며 씩씩거리며 콧김을

내뿜었다. 숲속 동물들이 황소의 기세에 잔뜩 주눅이 들었다.

"그게 아니라 내 말은 우리가 호랑이를 물리치는 데 별로 도움이 안 될 거 같다는 거지. 의견을 말하는데 자꾸 화를 내니까 무서워서 말을 못 하겠네."

거북이가 황소의 눈치를 보면서도 할 말은 다 했다.

"그럼 변하는 게 아무것도 없잖아요. 매번 이렇게 긴장하며 살자는 거잖아."

심각한 회의 분위기에도 판다는 자신과는 상관없는 듯 특유의 온화한 미소로 대나무를 씹으며 얼룩말을 보고 있다. 얼룩말이 못마땅한 표정을 지으며 고개를 돌렸다.

"자! 자! 우리끼리 싸우지 말고 희생을 줄일 수 있는 좋은 방법이 없는지 생각해 봅시다."

염소가 다소 격앙된 분위기를 진정시켰다.

"촌장 어른! 싸우긴 누가 싸워요. 그냥 의견을 말하는 거지요. 왜 나만 갖고 그래요?"

황소가 마을 어른인 염소에게까지 화를 내자 영악한 원숭이가 더 이상의 분란을 막기 위해 화제를 바꾸었다.

"그럼 호랑이와 싸우지 않고 원만하게 지내는 방법을 생각해 보면 어떨까?"

동물들이 원숭이의 말에 귀를 쫑긋 세웠다.

"그러니까 내 말은 한 마리씩 정기적으로 호랑이에게 제물로 바치면 나머지는 안심하고 살 수 있잖아요."

황소와 얼룩말이 원숭이의 말이 일리가 있다는 듯 고개를 끄떡였다.

동물들이 술렁거리기 시작했다.

"그건 너무 비윤리적입니다. 만약 본인이 제물이 된다고 생각해 보세요? 또 어떻게 순서를 정해?"

토끼가 강하게 반발했다. 동물들이 토끼의 말이 맞다는 듯 고개를 끄떡이며 원숭이를 보았다.

"하나의 의견이잖아요. 의견을 얘기하라며? 모두 왜 그렇게 과민 반응을 해요?"

원숭이가 못마땅해했다.

"자자, 조용히 하고. 이왕 원숭이가 말을 꺼냈으니 방법도 생각했을 거 같은데, 방법도 이야기해 봐요."

염소가 원숭이를 진정시킨 뒤 의견을 물었다.

"내 말은 모두 불안에 떨며 하루하루 살기보다는 호랑이와 계약을 맺고 우리 중 한 마리를 제물로 바치고 그동안은 편하게 사는 게 좋다는 거지. 희생 없는 평화는 있을 수 없어. 그런데 솔직히 어떻게 선정할지 방법은 몰라."

황소가 좋은 생각이 낫는지 얼굴에 화색을 띠며 끼어들었다.

"마을에 내가 왜 이 마을에 꼭 있어야 하는 존재인지 여기 나와서 발표하고 다수결로 제물을 정하자고. 그러면 공평하잖아요."

촌장이 동물들을 둘러보며 자못 심각한 얼굴로 말했다.

"황소가 방금 의견을 냈는데 여기 이의 있는 동물 있습니까?"

염소가 동물들을 둘러보며 의견을 구하였다.

'이런 식으로 하면 안 되는데. 분명 말발 센 동물이 살아남을 건데. 나도 말해 볼까? 아니야. 내가 말하면 다른 동물들이 비웃을지도 몰라. 그래. 가만있자. 가만있으면 50점이야. 내가 언제부터 나섰다고. 설마 난 아닐 거야. 지금껏 안 나서고도 잘 살아왔잖아. 침묵이 제일이야.' 판다가 입안에서 말이 돌았지만 체념했다.

"그럼 이견 없는 줄 알고 진행토록 하겠습니다. 이건 목숨이 걸린 중요한 사안입니다. 다시 확인합니다. 분명히 이견이 없습니다. 결정되면 모두 결과에 승복하기로 동의했습니다. 맞지요?"

동물들이 일제히 "네."라고 대답했다.

"자, 그럼 한 동물씩 발표하도록 하겠습니다. 누구부터 할까요?"

황소가 번쩍 손을 들더니 단상으로 올라갔다.

"난 여러분이 아시다시피 이 마을에서 가장 힘이 셉

니다. 더 이상 말이 필요 없지요?"

황소가 동물들을 둘러보며 의기양양하게 내려왔다.

다음으로 얼룩말이 번개처럼 단상 위로 올라갔다.

"보시다시피 난 숲속에서 제일 빠릅니다. 뒷발치기도 강력하고 그 외에도 많지만 생략하겠습니다."

얼룩말이 단박에 바닥으로 뛰어 내려왔다. 토끼가 한 계단씩 사뿐사뿐 올라갔다.

"난 누구보다 소리를 잘 듣습니다. 솔직히 나의 이 뛰어난 청각 덕분에 호랑이의 기습으로부터 여러분도 많은 도움을 받아 왔습니다. 인정하시죠?"

동물들은 너무나도 당당하게 자신의 의견을 잘 말했다. 이윽고 소심하기로 소문난 다람쥐가 축 처진 어깨로 단상에 힘없이 올라갔다.

판다는 숲속에서 가장 작고 힘없는 다람쥐가 걱정되었지만, 제물이 되더라도 어쩔 수 없다고 생각했다.

"우린 너무 작아요. 호랑이한테 가 봐야 간식거리도
안 돼요. 살려 주세요."

다람쥐가 눈물로 호소합니다. 동물들이 다람쥐의 눈
물 어린 호소에 고개를 끄떡였다.

다음으로 원숭이가 잽싸게 단상에 올라갔다.

"우리가 없으면 나무에 있는 열매는 누가 수확하지
요? 또 우리 마을에서 나처럼 머리 좋은 동물도 없습니
다. 오늘도 이 의견 내가 낸 거 아시죠?"

원숭이가 거들먹거리며 내려왔다.

판다는 차례가 왔다. 평소 다른 동물에게 피해를 준
적도 없고 조용히 지냈던 터라 누구도 자신을 미워할
동물이 없다고 확신했다. 판다가 최대한 온화한 미소를
띠며 단상에 올라갔다.

"나는 지금껏 마을의 평화를 위해 항상 웃는 얼굴로
지내 왔고요. 여러분에게 폐 끼친 적도 없고 앞으로도
조용히 살아가도록 하겠습니다."

판다는 온화한 미소로 말을 마치고 내려왔다.

판다의 말이 끝나자 거북이가 단상 위로 출발했지만, 다른 동물들이 보기에 너무 느려 매우 안타깝게 보였다. 보다 못한 얼룩말이 그냥 발표하지 말고 내려오라고 다그쳤다. 다른 동물들도 거북이 모습을 보다가 지치기는 마찬가지였다. 염소도 마냥 기다릴 수 없어 자리로 돌아가라고 말했다.

판다는 말도 제대로 하지 못하고 내려오는 거북이가 첫 제물이 되리라 예측했다. 이윽고 마지막으로 염소가 조상 대대로 마을의 발전을 위해 노력해 온 자신의 집안을 거론하며 앞으로 마을을 위해 더 헌신적으로 일하겠다며 포부를 밝혔다.

동물들의 발표가 끝난 후 누구를 첫 번째 제물로 바칠지 상의했다. 동물들이 말도 하지 못한 거북이와 가장 힘없는 다람쥐 가족을 제물로 바치자고 조심스럽게 눈빛을 교환했다.

판다는 이건 정말 올바른 방법이 아니라고 말하고 싶었지만, 똑똑한 동물들도 많은데 자신이 이야기해 봐야 바뀔 것은 없다고 생각하고 조용히 있었다.

눈치를 챈 다람쥐는 동물들의 바지 자락를 붙잡고 살려 달라고 애원을 했다. 거북이도 긴 목을 빼고 통곡의 눈물을 흘리며 자신의 신체조건을 한탄했다. 판다는 다람쥐와 거북이에게 다가가 어쩔 수 없는 결과라며 위로했다.

그때 동물들이 일제히 판다를 바라보았다. 동물들이 모두 자기를 보자 판다는 다람쥐와 거북이를 더욱 슬픈 얼굴로 바라보며 평화의 상징으로서 자신의 마음을 보여주려고 노력했다.

"쟤는 뭐야? 자기가 뭐 천사인 줄 아나 봐! 마을을 위해 한 것도 없잖아. 자기 의견도 없고. 항상 중립이지. 너무 비겁해. 안 그래?"

황소가 동물들을 모아 놓고 판다를 보며 쑥덕거리더니 염소에게 말했다.

"제물은 판다가 좋겠습니다. 판다는 마을에 관심도 없고 숲속 나무들이나 축내고 있습니다. 첫 제물인데 성의를 보여야 하니까 덩치가 큰 판다를 추천합니다. 여러분 의견은 어떻습니까?"

판다는 얼굴이 하얗게 변했다. 염소가 판다를 물끄러미 보았다.

"이렇게 해서는 안 됩니다. 아까 제물로 바친다는 이야기가 나올 때 말하려고 했는데. 이런 식은 정말 잘못됐어요. 애초부터 이건 말이 안 돼요."

판다가 불만을 토로하였다.

"그럼 처음 이 방식을 정할 때 왜 반대를 하지 않았나요?"

염소가 판다를 다그쳤다.

"그때는 그러니까 이런 식으로 내가 될 줄은 몰랐지요."

판다가 우물쭈물 궁색하게 말했다.

"여기 동물들이 모두 거기에 동의를 하고 진행했습니다. 분명히 우리 누군가에게 피해가 갈 줄 알면서도 당신은 자신의 의견을 분명히 제시하지 않았어요. 다른 동물들은 열심히 자기 의견을 피력했고요. 나만 아니면 된다고 생각한 당신에게 문제가 있어요. 정말 안타깝지만 당신을 첫 제물로 삼을까 하는데 여러분 의견은 어떻습니까?"

염소의 말에 동물들이 고개를 끄떡였다.

"다들 왜 그래? 내가 화내는 거 봤어? 난 평화주의자라고. 내가 당신들한테 피해 준 거 없잖아. 난 항상 조용히 있었다고. 당신들이 하자는 대로 했다고."

판다는 반말을 하며 강하게 불만을 제기하자 황소가 의아스러운 표정으로 반박하였다.

"난 네가 네 주장을 이렇게 강하게 이야기하는 거 처음 봐. 막상 자기한테 불행이 닥치니까 말하는구나. 맞아. 넌 우리한테 화낸 적도 없고 피해를 준 적도 없어.

그런데 말이야 우리도 몰랐지만 돌이켜보니 넌 마을 공
동의 일에는 무관심했어. 너만 생각했지.”

　“맞아 맞아! 네가 하루종일 편안하게 선글라스 끼고
대나무 먹고, 웃는 얼굴 하고 있는 동안 우린 호랑이를
막기 위해 귀를 세우고 보초를 서고 마을의 발전을 위
해 노력해 왔어. 평화! 우리도 평화 좋아해. 근데 평화

는 웃는 얼굴로 지키는 것이 아니라 실제로 노력해야 얻어지는 거야. 넌 지금껏 우리한테 무임승차한 거야. 그러니 이제 우리를 위해 희생하는 것도 나쁘진 않다고 보는데. 여러분은 어떻게 생각합니까?"

토끼가 동물들을 둘러보며 동의를 구하자 동물들이 고개를 끄떡였다.

며칠 후 판다는 호랑이 밥이 되었다.

'나만 아니면 돼'에서 벗어날 수 있는 사람은 아무도 없다. 결국 부메랑이 되어 돌아온다. '내가 해볼게' 하고 용기내는 순간 함께 손잡을 수 있다.

난, 그렇게 버려졌다

　핑크색 드레스와 리본을 달고 내가 처음 이 사무실에 들어왔을 때 사람들은 환호성을 질렀다.

　"이야! 이 난 봐 죽이는데. 어딘지 모르게 기품이 좌악 흐르네."

　"그러게. 입도 가늘고 줄기가 쭉쭉 빵빵 시원하게 뻗은 것이 예사롭지 않아."

　"어디 놓으면 좋을까? 잘 보이는데 놓도록 하자고."

　사람들은 저마다 나를 자랑스러워했다. 하기야 내가 봐도 난 참 기품있고 그럴 만한 가치가 있다고 생각했다. 그러나 그것도 잠시 다음날부터 사람들에게 잊혀져 갔다. 가끔 자신의 머그잔으로 물을 주던 은숙 씨를 제외하고는 아무도 관심을 두지 않았다. 그녀의 보살핌과 사랑에 감사했다. 그녀의 수고로움에 보답하기 위해 내가 줄 수 있는 가장 큰 선물은 꽃이다. 예쁜 꽃을 피우기 위해 숱한 인고의 밤을 보냈다.

마침내 여름날 새벽 산통 끝에 꽃을 피웠다. 햏쑥한 내 잎사귀 사이로 아침 햇살이 지친 몸을 위로했다.

"내가 피운 꽃을 보고 김 과장은 뭐라고 할까? 까불이 이 대리는 무슨 말을 할까? 다들 한마디씩 하겠지."

나를 보고 기분 좋게 하루를 출발할 사람들을 생각하니 그동안의 고생을 보상받는 듯했다.

"누가 제일 먼저 도착할까? 후후후."

혼자 들떴다. 멀리서 발자국 소리가 들렸다. 은숙 씨가 틀림없다.

"너를 위해 준비한 거야. 어서 와!"

발자국 소리가 가까워질수록 사랑을 고백하는 총각처럼 가슴이 쿵쾅거렸다. 문이 열렸다. 은숙 씨다.

은숙 씨는 사무실에서 가장 어린 친구다. 내가 시들해 보이면 자기 컵에 있는 물을 조금씩 따라 주었다. 물을 나눠 마시는 유일한 친구이기도 하다. 그녀가 오늘은 왠지 우울해 보였다.

"빨리 봐야 하는데. 왜 날 안 보는 거야?"

보여주고 싶은 마음에 조바심이 났다. 그때 그녀의 핸드폰이 울렸다.

"아빠 많이 안 좋아? 알았어요. 제가 어떻게든 해볼게요. 제발 미안하단 말 하지 마세요. 네. 네. 아빠 힘내셔야 해요."

그녀가 전화를 끊었다. 눈물이 맺혀 있다. 나도 우울해졌다. 그녀가 나에게 시선을 돌렸다.

"어머! 꽃이 폈네."

그녀의 얼굴이 금세 밝아졌다. 내가 피운 꽃을 요리

조리 훑어보더니 조심스럽게 손을 대었다. 순간 내 몸이 파르르 떨렸다. 그녀는 한참이나 미소를 머금은 채 요리조리 사랑스런 눈으로 나를 봤다.

"너도 언젠가는 나처럼 좋은 날이 올 거야. 힘내."
그녀를 위로했다. 그녀는 학비를 벌기 위해 아르바이트하는 학생이다. 아버지의 사업 부도로 휴학 중이다. 돈이 모이면 다시 복학해 선생님이 되는 것이 그녀의 꿈이다. 그녀가 잠시나마 내 모습을 보고 웃는 얼굴을 보니 나도 덩달아 기분이 좋아졌다.

그녀는 콧노래까지 흥얼거렸다. 잠시 후 말 많은 이 대리가 "상쾌한 아침!"를 크게 외치며 출근했다. 언제 봐도 참 유쾌한 친구다. 가방을 놓자마자 어제 본 드라마에 대해 시시콜콜 이야기한다. 그녀가 언제 울었냐는 듯 연신 까르르 웃는다.

이 대리가 그녀의 반응에 탄력을 받았는지 배우의 몸

짓까지 흉내냈다. 이 대리의 불꽃 연기로 사무실이 후끈 달아 절정에 달할 무렵 꼬장꼬장한 김 과장이 문을 열고 들어왔다. 이 대리가 순간 동작을 멈추고 김 과장에게 큰 목소리로 인사한 뒤 자기 자리로 재빨리 돌아갔다. 김 과장이 못마땅한 눈으로 이 대리의 행동을 눈으로 쫓았다.

"아침에 일찍 왔으면 그날 할 일을 체크해 보던가. 여학생 앞에서 쇼나 하고, 쯧쯧."

"어! 꽃이 폈네."

이 대리가 그제야 나를 발견하더니 쪼르르 쫓아왔다.

"이야! 우리 사무실에 좋은 일이 있으려나 봐요. 안 그래요? 과장님."

나를 보고 마치 대단한 일이 생긴 것처럼 유난을 떠는 이 대리가 밉지 않다.

김 과장이 대수롭지 않게 나를 힐긋 보더니 이 대리에게 말했다.

"좋은 일은 무슨. 필 때가 됐으니까 피었지. 난에 대해 좀 알아?"

"글쎄 저는 잘 모르는데….."

"하기야 입만 나불대지. 난이란 말이야 원예학에선 크게 서양란과 동양란으로 분류해. 서양란은 고고하면서도 화려한 꽃의 색상이지만, 여기 동양란은 유연한 향기와 부드러운 선의 흐름이 일품이지. 더 알려줘?"

"아니요. 그냥 보고 좋으면 되죠 뭐. 와! 과장님은 정말 아는 것도 많으셔."

"공부해. 아는 만큼 보인다는 것 몰라?"

자리로 돌아온 이 대리가 소리 없이 김 과장의 거들먹거림을 흉내내자 그녀가 입을 가리고 어깨를 들썩였다. 김 과장이 그녀와 이 대리를 번갈아 보며 의아스러운 표정을 지었다.

"뭔 좋은 일 있어?"

"좋지요. 이렇게 난이 꽃을 피웠는데요."

"싱겁기는. 빨리 가서 일이나 해!"

강 대리, 손 주임이 차례로 출근할 때마다 이 대리가 유쾌한 목소리로 나를 소개했다.

"아~ 드디어 우리 난초가 꽃을 피웠습니다. 한번들 보시고 밝은 기분으로 업무를 시작하시기 바랍니다. 자! 자! 관람료는 무료입니다."

그날은 한 달 전 내가 처음 이 사무실에 왔을 때처럼 사람들의 사랑과 시선을 듬뿍 받았다.

다음날 은숙 씨는 사무실에 출근하지 않았다. 다음날도 그다음 날도 그녀는 출근하지 않았다.

"은숙 씨가 개인 사정으로 회사를 그만두게 되었습니다. 아마 아버지가 암이라지. 쯧쯧."

김 과장이 덤덤한 표정으로 말하자 이 대리도 안타까운 듯 한숨을 쉬었다.

"집안 형편이 안 좋으면 여기서 더 일 해야지 왜 그만뒀데?"

강 대리가 고개를 갸우뚱거렸다.

"병원비 때문이지. 여기 알바 가지고는 어림도 없으니까."

"그럼 뭘 해서 돈을 벌어? 아직 나이도 어린데."

손 주임이 걱정스런 눈으로 동료들을 봤다. 그때 김 과장이 직원들을 못마땅한 눈으로 바라보며 다가왔다.

"뭐해? 일 안 하고. 알바 하나 그만둔 것 가지고 뭔 야단법석이야. 세상에 불쌍한 애들이 한둘이야? 어서 자리로 가서 일이나 하세요. 값싼 동정 하지 말고."

이 대리의 입이 또 쭉 나왔다.

그녀가 다시 오지 않을 거라 생각하니 슬펐다. 자리에 들어가려던 김 과장이 나를 발견하고 씩 웃으며 터벅터벅 다가왔다. 김 과장의 미소에 소름이 돋았다.

"흐흐흐! 제법 고고해 보이는군. 사무실에 있기에는 아깝다. 요 꽃 봐라. 에구, 앙증맞네."

김 과장 손이 나에게로 다가오자 한껏 몸이 움츠러들었다. 손가락으로 내 꽃을 톡톡 건드리자 너무 긴장한 탓인지 맥없이 꽃망울이 떨어지고 말았다. 김 과장이 짐짓 당황했다. 주위를 둘러보더니 아무 일도 없던 것처럼 서둘러 자리로 가서 앉았다.

잠시 후 이 대리가 꽃이 없는 나를 발견하고 큰소리로 외쳤다.

"꽃이 떨어졌다."

직원들이 일제히 나를 주목했다.

"도대체 누가 저런 무식한 짓을 한 거야?"

김 과장이 언성을 높혔다.

"또 누가 손으로 만졌구먼. 아무튼 무식하면 용감해. 난이란 보는 즐거움과 은은한 향기가 제격인데 누구야? 저런 무식한 짓을 한 사람이. 쯧쯧."

영문을 모르는 직원들이 서로 억울한 표정으로 얼굴만 바라볼 뿐 아무 말이 없다. 그녀도 떠나고 꽃도 잃어버린 난 시름시름 앓았다. 어느 누구도 나와 함께 물을 나눠 마시는 사람은 없었다. 목이 탔다. 하루가 다르게 내 몸은 여위어져 갔다. 내가 말라비틀어져 가는 사이

에도 사무실은 평온하게 잘도 돌아갔다. 그녀도 나도 그들의 기억 속에서 잊혀져 갔다.

그러던 어느 날 김 과장이 나를 보고 한마디 했다.

"난이 왜 이래? 이걸 난이라고. 좀 비싼 걸로 사서 보내지 말이야. 어이! 이 대리! 이거 갖다 버려. 보기 흉해."

하루종일 사무실 한구석에 처박혀 있던 나는 그렇게 버려졌다.

관심이 없으면, 그는 세상에 존재하지 않는다.
우리의 무관심은 서로에게 큰 상처를 입힌다.
사랑의 반대는 미움이 아니라 무관심이고, 우리 사회를 피폐하게 만드는 가장 큰 적은 무관심이다.

멸치
날다

태평양, 말만 들어도 가슴이 뛴다. 나는 그 어떤 바다보다 넓고 맑은 태평양에 사는 물고기다. 태평양을 품고 산다는 것은 큰 자부심이다. 오늘도 끝없이 펼쳐진 태평양을 동료들과 함께 힘차게 가로질러 본다. 내 몸을 스치는 태평양 물결이 좋다.

멸치인 내가 봐도 바다에 거대한 운무를 형성해 유영하는 우리의 모습은 장엄하고 가슴 벅차다. 우리 한 마리 한 마리는 작고 연약한 물고기지만, 뭉치면 살 수 있다.

먹힐 때가 있지만, 큰 무리에 속해 있으면서 그 정도의 손실은 불가피하다. 죽고 사는 것이 일상인 태평양이라는 넓은 대양에서 다양한 물고기와 어깨를 겨루며 사는 물고기라는 자부심에 죽음도 두렵지 않다. 방금 옆에서 놀던 동료가 사라져도 우리는 금세 일상으로 돌아간다. 수천, 아니 수만 마리가 되는 멸치 중에서 내가 잡아먹힐 확률은 없다고 각자 위안한다.

그래야 살아갈 힘이 생긴다. 내가 다른 물고기의 먹이가 된다는 것은 상상할 수 없다. 다만 오늘 최선을 다해 살 뿐이다. 나뿐만 아니라 다른 멸치들도 그렇게 생각한다. 항상 무리 지어 다니지만, 어디에서 어디로 가는지도 모른다. 필요에 따라 뭉치고, 그 안에서 살고 죽는 것은 오로지 자신의 몫이다.

그러던 어느 날 수백 마리의 허기진 고등어 떼가 우리를 쫓았다. 우리는 본능적으로 고등어 떼를 노련하게 분산시켰다. 고등어 떼는 물러서지 않고 집요하게 거칠

게 몰아붙였다. 많은 멸치가 고등어 떼의 습격에 목숨을 잃었다. 나는 살기 위해 무리 안쪽으로 파고들었다.

오직 앞만 보고 도망쳤다. 정신없이 고등어 떼를 피하다가 갑자기 바다가 얕아졌다. 처음 경험하는 얕은 바다, 태평양은 끝없이 깊고 넓을 줄 알았다. 얕은 바다는 상상하지 못했다. 혼란스러웠다. 그러나 깊게 생각할 여유가 없었다. 수심은 더 얕아지고 피할 곳이 점점 없어지자 고등어 무리가 갑자기 사라졌다.

서둘러 작은 무리라도 찾기 위해 사방을 두리번거렸다. 규모가 작은 멸치 무리가 보였다. 안전한 가운데로 들어가기 위해 다른 멸치들을 밀어냈다. 우리는 살기 위해 좀 더 깊은 곳으로 필사적으로 움직였다.

그때 한 무리의 고등어 떼가 다시 달려왔다. 추격은 거셌다. 피하다 보니 물은 점점 얕아졌다. 추격하는 고등어 무리의 수가 현격히 줄었다. 나는 고등어가 다가

오지 못하는 최대한 얕은 곳까지 피했다. 고등어가 보이지 않았다. 살았다는 안도의 한숨을 돌리는 바로 그때, 고등어 한 마리가 바로 눈앞에서 거센 물살을 일으키며 급회전을 했다. 고등어가 일으킨 파동에 나는 높이 날았다.

새로운 세계였다. 짧은 순간 처음 보는 육지가 보였다. 머리 위로는 수많은 새들이 동료들을 물고 날아오르고 있었다. 하늘과 바다에서 멸치들은 정신없이 몸을 파닥이고 있다. 살려고 발버둥치는 가냘픈 몸이 처절했다. 웅장한 파도와 바람의 협주곡에 갈매기 떼의 합창이 뒤섞여 멸치들이 몸부림쳤다. 나도 허공에서 내 의지와 상관없이 몸이 반동했다. 잠시 후 강하게 몸을 때리는 둔탁함에 사지가 떨렸다.

물이 없다. 머리와 꼬리를 이용해 파닥파닥 뛰었다. 부질없다. 바다가 바로 눈앞에 있지만, 모래 위에서 내가 할 수 있는 건 없었다. 비로소 알았다. 난 깊은 태평양에 산 것이 아니라 귀퉁이 연안에 살았다는 것을 말이다. 뜨거운 모래사장에 쓰러진 내 몸이 굳어갔다. 태평양 파도 소리가 아득하게 들렸다.

나도 고등어가 되고 싶다.

고등어가 되면 그땐 또 어떤 생각을 할까?

상어? ㅎㅎ

위험한
공범

휘리릭~ 휘리릭~

조용한 숲속에 호각 소리가 울려 퍼졌다.

"아~ 모처럼 낮잠 좀 자려고 했더니 또 무슨 일이야?"

단잠을 깨운 호각 소리에 생선을 파는 너구리가 짜증을 냈다.

"틀림없이 여우가 불었을 거야. 또 무슨 일을 꾸미려고…."

평소 불만 많은 채소가게 아저씨 거위가 입을 쭉 내밀며 볼멘소리를 했다.

"뭐 하고 있어요? 어서 가요! 늦으면 또 여우한테 잔소리 들을 텐데…."

구둣가게 당나귀 아저씨가 수선하던 구두를 아무렇게나 던지고 허둥지둥 길을 재촉했다.

"에고! 저 여우 보기 싫어서라도 이 마을을 떠나야지. 못 살겠다. 젠장."

분식점을 운영하는 돼지가 손님이 남긴 음식을 손가락으로 집어 먹으며 투덜거렸다.

그때 옆에서 정육점을 하는 늑대가 돼지를 보고 갑자기 도마에 칼을 꽂았다. 아무래도 돼지의 혼잣말이 귀에 거슬렸던 것 같다. 손가락 주위에 묻은 양념을 쪽쪽 빨던 돼지가 늑대 눈치를 보며 서둘러 자리를 피했다.

"자! 자! 빨리빨리 갑시다. 촌장님께서 기다리시겠습니다. 어이 너구리! 그만 불평하고 빨리 움직여."

술집을 운영하는 눈치 빠른 토끼가 정육점 앞에서 마을 동물들을 재촉했다.

주위의 동물들도 덩달아 슬금슬금 자리에서 일어났다.

카페를 운영하는 고양이만 자리에 앉아 눈을 감고 명상에 잠겨 있었다. 고양이는 여우와 늑대가 가장 경계하는 동물이기도 하다. 늑대가 카페 앞에서 고양이를 슬쩍 보았다.

"야! 빨리 안 가고 뭐해?

늑대가 소리를 쳤다. 고양이가 살짝 실눈을 뜨고 노려보자 늑대가 당황한 듯 옆에 있던 만만한 닭에게 화풀이했다.

"닭! 빨리 안 움직여?"

"미안해요. 지금 막 일어나려고 하던 참이었어요."

채소가게를 하는 닭이 늑대에게 비굴한 웃음을 보이며 서둘러 자리를 떴다.

늑대가 빠른 걸음으로 걸어가자 닭이 부리나케 뛰어갔다.

늑대는 마을에서 여우와 가장 친한 친구이자 절대적인 후원자이기도 하다. 여우는 지금 촌장인 염소에 이어 차기 촌장을 노리고 있었다.

이미 마을 가운데 있는 느티나무 밑에는 많은 동물이 와 있었다. 닭이 맨 나중에 헐레벌떡 뛰어오자 여우가 닭을 흘겨봤다.

닭이 큰 죄를 지은 것처럼 곤혹스러운 표정을 지었다. 여우가 늑대와 의미심장한 눈길을 마주치더니 촌장을 데리고 나왔다. 한눈에 봐도 노쇠해 버린 촌장의 발걸음이 무거워 보였다. 촌장이 의자에 힘겹게 앉자 여우가 동물들 앞에 섰다.

"오늘 이 자리에 모인 건 중대한 결정을 해야 하기 때문입니다. 여기 계신 촌장님이 이제 연로하셔서 차기 촌장을 선출해야 합니다."

동물들이 여기저기서 웅성웅성거렸다. 그런데 촌장의 표정도 좋지 않았다.

"조용! 후계자는 여기 계신 촌장님이 직접 지명하시기로 했습니다. 이의 있으신 분 계십니까?"

동물들은 또다시 술렁거리기 시작했다.

"직접 지명하면 부촌장인 여우가 촌장이 되겠군."

너구리가 빈정거리는 말투로 소리쳤다. 동물들도 고개를 끄떡거리며 또 웅성거렸다. 늑대가 재빨리 너구리 뒤에 바싹 붙자 너구리가 주춤하였다. 여우가 다시한번 조용하라고 소리쳤다.

"촌장님이 결정할 사항입니다. 촌장님의 의견을 직접 들어보도록 하겠습니다."

여우가 촌장을 일으켜 세우며 중앙으로 나왔다. 촌장의 얼굴에 만감이 교차하는 듯했다.

"내가 연로한 관계로 차기 촌장이 있어야 하는데 차기 촌장은⋯."

순간 동물들이 촌장의 다음 말에 귀를 기울였다. 하마터면 여우의 침 넘어가는 소리가 동물들에게까지 들릴 정도로 크게 느껴졌다.

"에~ 차기 촌장은."

염소가 발표하려는 순간 무리 가운데서 앙칼진 목소리가 들려왔다.

"선출로 합시다!"

바로 고양이었다. 또다시 동물들이 웅성거리기 시작했다. 여우는 금방이라도 고양이와 싸울 듯이 얼굴이 붉으락푸르락했다. 고양이가 당당하게 무리를 헤치고 촌장 옆에 섰다.

"촌장은 마을의 운명을 좌우할 매우 중요한 자리입니다. 진실로 이 마을을 위해 일할 동물을 촌장으로 뽑아야 합니다. 여러분 의견은 어떻습니까?"

"그래, 그게 맞아. 우리가 원하는 동물을 뽑아야 해! 그렇게 합시다!"

너구리가 당나귀와 거위에게 눈길을 보내자 거위가 얼떨결에 "옳소."라며 소리를 질렀다. 여기저기서 동물들이 찬성하는 목소리가 터져 나왔다. 늑대가 무리를 진정시키려고 해보지만 역부족이다. 여우가 촌장을 보며 빨리 결정하라고 째려봤다.

촌장이 결심한 듯 손을 들어 동물들을 진정시켰다.

"차기 촌장은."

동물들이 숨을 죽이며 촌장의 다음 말을 기다렸다.

"선출로 정하도록 하겠습니다."

순간 여우의 얼굴이 파랗게 질렸다. 동물들이 환호성을 지르며 기뻐했다.

"이건 촌장님과 저하고 약속한 것과는 다르잖아요. 이런 법은 없어요."

"저길 봐! 선출로 한다니까 마을 동물들이 모두 기뻐하잖아. 또 그 약속은 내가 한 게 아니라 자네가 강요한 거잖아. 난 이제 살 만큼 살았어. 보름의 시간을 줄 테니까 저기 있는 동물들의 마음을 한번 끌어모아 보던가."

촌장이 화난 여우를 달랬다.

"자, 그럼! 차기 촌장 선거는 큰 달이 뜨는 보름 후 이 자리에서 선출하도록 하겠습니다. 이제 모두 집으로 돌아가서 다음 촌장으로 누굴 뽑을지 생각해 보시기 바랍니다."

촌장의 말이 끝나자 여우가 늑대에게 다가가 귓속말

로 속닥였다.

"내가 촌장이 되면 저 늙은 염소 녀석 가만두지 않을 거야. 빨리 대책을 강구해. 이러면 편하게 살려는 우리의 계획에 차질이 생길 수도 있다고."

늑대가 고개를 끄떡였다.

그날 저녁 시장에서 일하는 몇몇 동물이 모여 술잔을 기울였다.

"다음 촌장으로 누가 나올까?"

돼지가 궁금한 표정으로 거위를 보며 말했다.

"에구. 바보! 보면 몰라. 고양이하고 여우지 뭐, 누가 나오겠어!"

"휴~ 그 나물에 그 밥이다. 고양이도 여우도 다 자기 잘났다고 떠드는 놈인데. 사실 뽑을 놈도 없다."

너구리가 깊은 한숨을 쉬었다.

"그럼 다른 동물들을 추천하면 되잖아!"

당나귀가 손짓으로 동물들을 가까이 오라고 손짓하였다.

"누구?"

동물들이 일제히 당나귀를 보았다.

"토끼!"

"뭐 토끼?"

토끼가 자신의 이름이 거론되자 당황한 얼굴이다.

"그래? 여기서 제일 똑똑한 게 너잖아. 네가 해라. 우리가 팍팍 밀어줄게. 안 그래?"

당나귀가 다른 동물들을 바라보며 동의를 구했다. 토끼도 내심 싫어하지 않는 눈치다.

"내가 무슨 촌장을, 그래도 여러분들이 굳이 밀어주신다면 봉사한다 생각하고⋯."

그때 너구리가 피식 웃으며 고개를 가로저으며 말을 끊었다.

"똑똑하긴 한데 배짱도 없고, 통솔력도 그렇고, 별로 평소 행동에 영 신뢰가 안 가."

"뭐라고? 너구리 너 말 다 했어. 너는 그럼 고양이나 여우 중에 찍으면 될 거 아냐. 너구리 말대로 해. 난 촌장으로서 부족한 게 많아. 훌륭한 여우를 찍으세요."

자존심 상한 토끼가 너구리를 노려보며 나가려고 하자 다른 동물들이 너구리에게 빨리 토끼에게 사과하라고 타일렀다. 너구리가 마지못해 토끼에게 미안하다고 말했다. 토끼는 너구리의 사과를 받아들이고 촌장 후보로 나서기로 했다.

"그런데 닭은 어디 간 거야?"

돼지가 닭을 찾았다.

"걔는 원래 이런 데 관심 없잖아. 평소에도 주위에 신경 안 쓰잖아. 뭐 경조사에 가는 거 봤어? 진짜 자기밖에 몰라. 같은 조류지만, 부끄럽다."

거위가 긴 입을 더 삐죽이 내밀며 돼지를 보았다.

"놔둬! 그것도 자기 사는 방식이니까."

돼지가 거위를 다독거렸다.

그 시간 닭은 집에서 모이를 먹으며 휴식을 취하고 있었다.

"쳇! 누가 촌장이 되든 똑같을 텐데. 나한테 먹이를 더 줄 거야, 나를 대우해 줄 거야. 어차피 난 힘없는 동물이고, 저들 편한 대로 부려 먹고 할 텐데. 너네들끼리 지지고 볶고 살아라. 내가 뭐라고? 내가 뭘 할 수 있다고? 난 나대로 그냥 살 거야."

닭이 쌀 한 톨을 허공에 띄우더니 날름 받아먹었다. 긴 하루가 그렇게 지나갔다.

다음날부터 본격적인 선거운동이 시작되었다. 여우는 현재까지 부촌장으로 염소를 보좌해 왔고, 고양이는 야인으로 사사건건 여우의 의견에 반대를 해왔다. 그러나 마을 동물들의 의견을 반영하기보다는 두 동물 모두 다 자신의 이익과 기분에 따라 행동해 신망은 없었다. 토끼가 새로운 대안으로 떠오르자 여우와 고양이는 오히려 더 기뻐했다. 평소 눈치 빠른 토끼를 역이용하면 오히려 쉽게 촌장이 될 수 있다고 생각했다.

그날 밤, 여우와 늑대가 토끼를 찾아갔다. 그리고 날

카로운 이빨을 내보이며 여우가 촌장이 될 수 있도록 협박했다. 만약 도와주지 않으면 쥐도 새도 모르게 죽여버리겠다고 했다. 토끼는 무서운 나머지 그렇게 하겠다고 했다. 다음날은 고양이가 찾아왔다. 자신을 도와주면 마을의 주류 판매 독점권을 주는 것은 물론 집까지 한 채 지어 주겠다고 말했다.

　토끼는 무조건 힘으로 밀어붙이는 여우보다 고양이의 유혹에 귀가 솔깃했다. 막판에 자신의 지지자들이 고양이를 지지하도록 하겠다고 말했다. 더욱이 토끼는 처음부터 촌장을 할 마음도 없었다. 어차피 여우나 고양이가 자기 말을 듣지 않을 것이 뻔했다. 또 마을 일이 골치 아프기도 하고 적당히 타협 들어오는 것을 봐서 이익만 챙기고 빠질 생각이었다.

　동물들은 새로운 대안으로 떠오른 토끼의 당선을 위해 대대적인 선거운동을 했다. 토끼도 자신이 촌장이 되면 마을을 더 발전시키겠다고 목소리를 높였다.

　그리고 투표 전날 저녁, 토끼는 자신보다 능력있고

머리가 좋은 고양이를 지지하겠다고 사퇴했다. 여우에 대해 인식이 좋지 않던 동물들은 고양이가 촌장이 되어야 하는 이유에 대해 열변을 토하는 토끼의 현란한 말솜씨에 고개를 끄떡이며 고양이를 지지하겠다고 공개 천명했다.

여우는 위기감을 느꼈다. 그날 밤, 여우는 늑대를 불렀다. 사태가 심각하게 돌아가니 강압적으로라도 동물들을 자신의 편으로 만드는 것이 좋겠다며 이웃 마을에 늑대들까지 모으라고 지시했다. 늑대와 여우는 자신들이 촌장이 되면 마을의 초식동물들이 모두 먹이가 되는 만큼 식량 걱정 없이 풍족한 생활을 누를 수 있도록 하겠다며 이웃 마을 늑대와 여우들을 끌어모았다.

그날 밤. 칠흑 같은 어둠이 마을을 감싸고 모두 잠든 시간, 마을 어귀 개울가에서 목욕하고 있던 닭은 멀리서 낯선 여우와 늑대들이 마을로 다가오는 것을 보았다. 서둘러 마을 동물들에게 이 사실을 알리지 않으면 큰 피해가 발생할 것을 직감적으로 느꼈다. 닭은 순간 마을로 달려가 알릴까 망설였다. 그리고 이내 체념했다.

"뭐 별일 있겠어? 고작 힘자랑이나 하겠지? 누가 촌장이 돼도 똑같을 텐데 뭐. 난 굿이나 보고 떡이나 먹으련다."

닭은 자기만 편하면 된다고 생각했기 때문에 마을에 알리지 않았다.

얼마 후 목욕을 마치고 마을에 도착하자 수많은 늑대와 여우가 마을을 둘러싸고 있었다. 여기저기서 비명소리도 들려오기 시작했다. 닭은 평소에도 늑대와 여우에게 자신은 존재감이 없었기 때문에 별일 없으리라 생각하며 마을로 돌아갔다. 마을에 들어서자 벌써 많은 동물이 다쳐 쓰러져 있었다.

부촌장인 여우는 촌장인 염소의 사체를 갈기갈기 씹어 먹고 있었다. 닭은 공포에 휩싸였다. 닭은 가족이 걱정되어 파닥파닥 집으로 뛰어갔다. 그런데 가족들은 이미 깃털만 남긴 채 흔적도 없이 사라지고 없었다. 닭이 다시 뒤돌아서서 나가려는데 늑대가 문 앞을 가로막고 있었다.

"왜 그래요. 지금까지 난 당신들 말을 잘 들어왔잖아요. 우린 그냥 있어도 없어도 되는 그런 하찮은 동물이잖아요. 하라는 대로 할게요. 우리 가족은요? 우리 가족은 제발 건들지 말아주세요."

닭이 공포에 질린 눈으로 늑대에게 애원했다.

"그래. 넌 하찮은 동물이지. 그래서 마음대로 했어. 다른 동물들이 어디 있는지 물어보려고 했는데. 꼴을 보니 모를 것 같네. 그럼 너도 이제 필요 없겠다. 옛날부터 넌 살이 아주 토실토실 잘 쪄서 눈독을 들여놨는데 오늘에서야 너를 먹는구나. 흐흐흐."

늑대가 침을 흘리며 다가오자 닭이 뒷걸음질을 쳤다.

"바보 같은 것들, 고양이와 토끼는 벌써 도망갔어. 개들은 참 똑똑해. 분위기 봐서 딱 도망가잖아. 힘없으면 진작 우리한테 붙었어야지. 힘없는 것들이 괜히 나서가지고 이게 무슨 꼴이냐. 우리도 이렇게 한꺼번에 포식할 생각은 없었는데…."

"난 이번에도 누구 편도 들지 않았다고요?

"알아. 넌 항상 방관자지. 너 하나만을 위해 살아왔잖
아. 넌 사실 고양이를 지지한 동물보다 더 나빠. 너에게
다른 동물은 중요하지 않아. 양지만 찾아다니는 동물의
말로는 바로 이런 거라고."

늘대는 닭을 단숨에 물어뜯었다.

"꼬꼬닭!"

외마디 비명과 함께 닭은 그렇게 사라졌다.

다음날 무력으로 여우가 다른 마을에서 온 늘대와 여우의 호위를 받으며 촌장의 자리에 올랐다. 마을은 순식간에 여우와 늘대 세상이 되었고 마을에 있는 살아남은 초식동물은 감옥에 갇혀 먹이가 되었다.

악이 승리하는 데 필요한 조건은 오직 선한 자들의 무관심이다. - 애드먼드 버크

강한 자가 살아남고,
살아남은 자가 아름답다고요?

"야! 너! 이리 와 봐."

사마귀가 풀잎에 앉아 어디론가 열심히 뛰어가는 메뚜기를 불러 세웠다.

"악, 사마귀다."

메뚜기가 기겁하고 도망쳤다.

"히히히. 불쌍한 것들. 내가 무섭긴 무서운가 보군."

사마귀가 한 손으로는 툭 튀어나온 배를 잡고 한 손으로는 이쑤시개로 게걸스럽게 이빨을 후비고 있다.

"달팽이 녀석 맛있네. 힘없으면 잘 숨어야지. 살은 아주 적당히 토실토실 잘 쪘어. 이제 배도 부르고. 낮잠이나 좀 잘까?"

사마귀가 잎사귀 위에 벌러덩 누웠다. 맑은 하늘이 큰 나뭇가지 사이로 보인다.

"아~ 이 얼마나 아름다운 세상인가? 지천에 먹이가 깔려있고. 때 되면 먹으면 되고. 아~ 졸려. 그럼 한숨 자고 간식 먹어야지."

사마귀가 눈을 감고 잠을 청했다.

얼마나 잤을까? 사마귀는 귓가를 사정없이 울리는 매미 소리에 잠을 깼다.

"뭐야? 한갓 매미가 감히 내 단잠을 깨워. 명을 재촉하는구먼. 개미처럼 죽은 듯이 조용히 다니면 얼마나 좋아."

사마귀가 매미가 울고 있는 나무 위로 훌쩍 날아올랐다. 매미는 사마귀가 오는지도 모른 채 목청껏 울고 있다. 사마귀가 한 발 한 발 조심스럽게 매미에게 다가갔다. 매미가 뒤를 돌아보았을 때는 이미 때가 늦었다. 벌써 사마귀의 앞발이 매미의 숨통을 부여잡고 있었다.

"흐흐흐! 도대체 너 때문에 낮잠을 잘 수가 없었단 말이야. 그냥 조용히 지내지 왜 시끄럽게 징징거려서 네 명줄을 앞당기냐?"

매미가 체념한 듯 가냘픈 목소리로 말했다.

"날 꼭 죽여야겠어?"

"그럼. 넌 내 낮잠을 깨운 나쁜 곤충이야. 당연한 거 아니니?"

"난 오늘을 위해 땅속에서 8년을 버텼어. 내가 이렇게 울 수 있는 것도 그 긴 시간에 비해 며칠밖에 안 돼. 며칠만 참아주면 안 되겠니?"

"그렇게 못하지. 나이 많은 게 자랑도 아니고. 중요한 건 나보다 힘이 없다는 거야."

매미는 사마귀에서 벗어나기 위해 몸부림을 쳤다. 그러나 사마귀의 날카로운 발톱을 벗어날 수는 없었다. 매미는 껍데기 일부만 남긴 채 사라졌다.

사마귀는 아무 일도 없었던 것처럼 다시 잎사귀로 돌아와 낮잠을 청했다.

매미 소리가 들리지 않자 숲속의 곤충들은 동요하기 시작했다. 귀뚜라미가 급히 숲속의 곤충들을 불러 모았다.

"봤어? 매미 있던 곳에 가 봤더니 매미가 글쎄….”

귀뚜라미가 말을 잇지 못하고 울음을 터트렸다. 메뚜기가 다그쳤다.

"어떻게 됐는데?”

"글쎄 날개만 몇 점 남고 흔적도 없이 흑흑흑! 분명 사마귀가 한 짓이 틀림없어. 언젠가는 우리도 사마귀한테 먹힐 거야.”

귀뚜라미가 공포에 몸을 부들부들 떨었다.

"어떡하지? 무슨 조치를 강구해야지. 여치야, 무슨 좋은 방법이 없을까?”

여치가 사마귀라는 말에 부들부들 떨기만 했다. 보다 못한 방아깨비가 중대한 결심을 한 듯 껑충 뛰더니 귀뚜라미 앞에 섰다.

"음. 어떻게든 사마귀를 여기서 몰아내야 해. 그 방법밖에 없어.”

"어떻게?"

메뚜기가 방아깨비 옆에 바짝 다가섰다.

"우리 모두 힘을 합쳐서 결사적으로 싸우는 거야."

"뭐? 말도 안 돼. 우리가 어떻게 사마귀를 이겨. 그건 무모해."

나비가 실망한 듯 자리에 주저앉았다.

그때 사마귀가 곤충들의 수근거리는 소리에 눈을 뜨더니 천천히 소리 나는 쪽으로 다가갔다.

"우린 스피드가 있잖아. 나를 비롯해, 잠자리, 메뚜기, 여치, 파리 모두 스피드가 있어. 함께 해보자고."

방아깨비가 곤충들을 다독거렸다.

"저것들이 감히 나한테! 가만두지 않을 테다."

사마귀가 방아깨비의 말을 듣고 인상을 찡그리며 불쾌해했다.

"안 돼. 우린 안 돼. 사마귀한테 상대가 못돼. 우린 강한 앞다리도 이빨도 없잖아. 각자 조심해서 살아가는 수밖에 없어."

파리가 팔짱을 낀 채 한심한 듯 곤충들을 바라보았다.

"그렇지. 역시 파리가 현명하군. 나한테 대들어 봤자 너흰 안 돼."

다른 곤충들도 별 뾰족한 수가 없는 듯 흩어지려 했다.

"잠깐만!"

어깨를 축 내린 채 힘없이 흩어지는 곤충들을 불러 세운 건 개미였다. 곤충들이 의아한 눈빛으로 개미를 물끄러미 보았다.

"방아깨비 말이 맞아. 우리가 힘을 합치면 할 수 있다고. 물론 누군가 선봉에 서야 하고 우리 가운데 누군가는 희생이 될 수도 있지만, 우리 모두 힘을 합친다면 사마귀를 물리칠 수 있어."

곤충들 가운데 가장 작은 개미가 분기 어린 목소리로 외쳤다. 사마귀의 미간이 찡그러졌다. 그러나 누구 하나 선뜻 나서지 못했다. 그때 잠자리가 꿀벌을 보며 한마디 했다.

"꿀벌아! 너는 우리 중에서 그래도 가장 위협적인데 왜 항상 사마귀를 피해 다녀? 이럴 때 우릴 위해 너의 능력을 보여주면 좋을 텐데…."

"나 말이야? 안 돼. 사마귀는 인상도 표독스럽고 절대 이길 수 없어. 그러다 진짜 죽어. 파리가 한 말처럼 각자 알아서 살자. 그게 좋겠어."

꿀벌이 꽁무니를 뺐다.

"그래. 꿀벌한테만 책임을 지우는 건 옳지 않아. 개미 말처럼 함께 힘을 합치자!"

방아깨비가 다시 한번 곤충들의 동참을 촉구했지만, 개미를 제외하고는 선뜻 나서지 않았다.

"그래, 꿀벌도 저렇게 겁먹는데 안 돼. 절대 못 이겨. 그냥 잡아 먹히면 '운명이다' 생각하고 살자. 쓸데없이 대들 생각 말고!"

개미가 말하는 것도 귀찮은 듯 짜증 섞인 목소리로 빈정거렸다.

그때 숲속에 있던 사마귀가 곤충들 한가운데 나타났

다. 갑작스런 사마귀의 등장에 곤충들이 크게 당황했다.

"너희들이 날 몰아내기 위해 작당을 하고 있어. 내 오늘 너희들을 모두 없애 주마."

사마귀가 표독스럽게 입을 벌리며 곤충들에게 다가갔다. 곤충들은 사마귀의 위세에 몸을 옴짝달싹하지도 못한 채 바들바들 떨었다.

사마귀가 먼저 방아깨비의 목을 날렵하게 비틀자 방아깨비가 외마디 비명도 못 지른 채 쓰러졌다. 푸른 피를 입에 문 사마귀가 이제 개미에게 다가가자 개미가 결사 항전을 하겠다는 듯 물러서지 않았다.

"내가 선봉에 설 테니 함께 싸우자."

개미가 큰소리를 지르며 사마귀 앞으로 달려갔지만, 사마귀의 앞발에 내동댕이쳐졌다.

놀란 파리가 황급히 자리를 피해 나뭇잎 뒤에 숨어 곤충들의 싸움을 지켜봤다. 파리는 나뭇잎 뒤에 숨어 재미난 구경이 난 것처럼 야릇한 회심의 미소를 지으며 모습을 지켜보았다.

"야! 너희들 뭐해? 지금이야 빨리 달려들어. 함께 싸우자!"

파리가 곤충들을 향해 다그쳤다.

귀뚜라미와 여치, 잠자리. 나비도 결심한 듯 사마귀에게 달려들었다. 그러나 사마귀는 역시 강했다. 사마귀는 긴 다리로 곤충들을 내리쳤다. 도망갔던 꿀벌도 요란한 소리에 놀라 날아왔다.

"이놈들! 내가 그렇게 순순히 죽을 것 같아. 오늘 모조리 다 죽여주마!"

방아깨비를 씹고 있는 입에서 흐른 피가 그의 몸을 타고 뚝뚝 바닥으로 떨어졌다. 피에 젖은 그의 모습은 흡사 괴물처럼 무서웠다. 사마귀는 곤충들을 사정없이 바닥에 던지고 짓밟았다. 곤충들이 피를 흘리며 처참하게 죽어갔다.

그때 정신을 차린 꿀벌이 곤충들이 죽어가는 모습에

분노하며 비장의 무기인 침을 사마귀 머리에 박고 바닥에 떨어졌다. 머리에 침이 박힌 사마귀가 고통에 머리를 감싸고 나뭇가지들을 줄줄이 들이받더니 이내 쓰러졌다.

꿀벌도 침을 쏘고 난 후 사지를 떨며 죽어 갔다. 곤충들도 저마다 상처를 입은 채 숨을 헐떡였다. 적막감과 공허함이 숲속을 감쌌다. 그때 숨어 있던 파리가 머리를 빠끔히 내밀고 음흉한 미소를 띤 채 바닥에 내려왔다. 곤충들의 시선이 일제히 파리에게 향하였다. 파리가 쓰러진 사마귀의 배를 발로 차보더니 의기양양했다.

"아이구! 난 복도 많아. 너희들 덕분에 오늘 포식하게 생겼네. 고마워. 하하하! 일단 맛이나 한번 볼까?"

파리가 사마귀의 살점을 하나 뜯어 입에 넣은 후 빙그레 웃었다.

"역시! 날 배반하지 않는군. 맛있어."

파리가 고개를 돌려 고통속에 신음하는 곤충들을 둘러 봤다.

"음! 저것들도 죽으면 맛 좀 봐야지."

파리가 허공을 향해 게걸스럽게 웃었다. 하릴없는 바람이 곤충들의 상처를 스치고 지나갔다. 파리가 입맛을 다시며 상처 입은 동료 곤충들 주위를 뱅뱅 돌았다.

염치없는 사람은 자기만 행복하다.
근데 꼭 그렇게 살아야 하나요?
만족하십니까?

최 씨네
공구함

목수인 최 씨의 공구함에는 여러 가지 종류의 공구들이 있다. 오늘도 고단한 하루를 마친 최 씨의 공구들이 공구함에서 휴식을 취하고 있다. 가장 덩치가 큰 망치가 둔탁한 머리를 기댈 것을 찾았다. 옆에 있던 드라이버가 잽싸게 망치의 머리를 받치기 위해 바닥에 엎드렸다.

"어허! 뭘 이렇게까지…."

망치가 사양하는 듯한 말을 했지만, 익숙한 듯 드라이버에 머리를 기댔다.

"형님! 오늘 많이 힘드셨죠?"

드라이버가 어색한 미소를 띠며 망치의 비위를 맞췄다. 드라이버의 무딘 날이 고된 세월의 흔적만큼이나 많이 으깨어져 있다. 드라이버는 망치보다 훨씬 오래전부터 공구함에 있었다. 그렇지만 드라이버는 힘센 망치의 머리를 베는데 가장 적당한 크기를 가졌다는 이유만으로 일이 끝나면 쉬지도 못하고 늘 망치의 베개가 되었다.

"힘들지? 힘들면 이야기해."

2인자인 펜치가 건들거리며 드라이버에게 장난을 쳤다.

"괜찮아요. 매일 하는 건데요 뭐."

드라이버가 힘에 부치는지 거친 숨을 내쉬었다.

"에구! 뒤통수는 형님한테 하도 맞아서 다 벗겨졌구나. 형님, 이제 이 드라이버도 너무 늙어서 내보내야 하는 거 아니에요?"

펜치가 드라이버의 뒤통수를 만지며 망치를 보았다. 펜치의 말에 드라이버가 긴장한 눈으로 망치를 올려봤다.

"그건 그런데. 얘도 불쌍하잖아. 이 상태로 나가면 바로 쓰레장으로 갈 텐데. 그래도 틈틈이 내 베개로 쓰이는 게 낫지 않겠어? 최 씨한테 내가 말해 볼게. 얘도 살아야지."

망치의 말에 드라이버가 연신 고개를 숙이며 고마움을 표시했다. 드라이버에게 못마땅한 표정을 짓던 펜치가 망치에게 다가가 귓속말을 했다.

"아니, 형님! 이 기회에 새 걸로 교체하면 좋을 텐데 왜 그러세요?"

"내가 뭐 저게 예뻐서 그러냐? 새것이 오면 길들이는 데 시간도 많이 걸리고 또 일단 머리가 배겨서 불편해. 좀 더 부려먹다가 버리지 뭐."

펜치가 망치의 주도면밀함에 감탄을 금치 못했다.

"근데 형님! 저기 쇠톱은 언제든지 우리한테 위협이 될 수 있는 놈인데. 기회를 봐서 내치죠?"

펜치가 줄자를 베고 송곳과 장난치고 있는 쇠톱을 보며 망치에게 귓속말을 건넸다.

"그래. 나도 항상 저놈이 꺼림칙해! 잘못하다간 우리

가 다칠 수 있어."

망치의 목소리에 신중함이 묻어났다.

"난 저기 송곳이 제일 눈에 거슬려요. 자식 나한테 한 번 걸리면 바로 지옥행인데. 항상 쇠톱 옆에 붙어 있으니까 접근하기가 쉽지 않아요."

펜치가 송곳을 째려보았다. 건너편에 있던 송곳이 펜치의 눈길을 알아채고 펜치에게 눈을 부라렸다. 펜치도 왜 보냐고 눈을 부라렸다. 망치와 쇠톱도 서로를 쏘아보았다. 공구함에 일촉즉발의 위기감이 감돌았다.

망치가 시위라도 하듯 눈앞에서 쉬고 있던 못 하나를 내리쳤다. 못이 비명도 채 지르지 못하고 순식간에 문질러졌다. 쉬고 있던 못들이 놀란 나머지 모두 자리에서 일어나 부들부들 몸을 떨었다. 쇠톱이 공포에 질려 뒷걸음치던 못 하나를 단숨에 절단했다.

못들이 망치와 쇠톱의 힘자랑에 우왕좌왕 어찌할 바를 몰랐다. 못들을 사이에 두고 망치와 쇠톱이 싸우려고 하자 구석진 곳에서 마모가 많이 되었지만, 아직 쉽게 근접할 수 없는 늙은 끌이 중앙으로 터벅터벅 걸어갔다.

"내가 아무래도 이곳에서 제일 오래된 것 같은데. 나이 많은 게 뭐 내세울 건 아니지만, 제안 하나 하지. 공구함의 양대 강자인 망치와 쇠톱이 싸우면 우리 모두 자멸할 수도 있어. 그래서 이번 기회에 누가 공구함에서 가장 중요한지 이야기해 보고, 확실히 공감이 가는 공구한테 공구함의 최고 자리를 인정하면 어떤가? 서열이 정해지면 이렇게 싸울 일도 없어질 테고 말이야. 그 판단은 공구함에서 가장 많은 수를 가진 못들이 쇠톱의 주장이 타당하면 쇠톱에게로, 망치의 주장이 일리가 있으면 망치에게 움직이면 돼. 많이 모인 곳의 공구가 이 공구함의 1인자가 되는 거지. 어떤가?"

순간 망치와 쇠톱은 동시에 여기서 이기면 공구함에서 1인자가 되고 공구함을 마음대로 할 수 있겠다고 생각을 했다. 끌의 제안에 망치가 먼저 호탕하게 웃으며 자신감 넘치는 모습으로 제안을 받아들였다. 쇠톱도 자신 있다며 겨루어 보자고 했다. 끌의 주재로 망치와 쇠톱의 주장이 이어졌다.

"내가 없으면 여기 못들은 아무 소용이 없어. 못들이 아무리 빼어나도 내가 있어야 물건이 만들어진다고. 쇠톱은 못들에게 아무 필요가 없어. 못은 나에겐 실과 바늘 같은 존재야. 그러니 공구함의 1인자는 내가 되어야 해."

쇠톱이 망치의 이야기에 콧방귀를 뀌었다.

"사실 난 못들과는 그렇게 많이 일하지 않아. 그러니 솔직히 부딪힐 일도 별로 없어. 그러나 여기 모인 못들은 망치의 폭압에 신음하고 있어. 항상 두들겨 맞잖아. 못들은 할 말이 있어도 제대로 할 수 없어. 그러니 이 공구함에서 망치를 견제할 수 있는 공구는 중립적인 내가 되는 게 맞아."

"말도 안 되는 소리 하지 마. 넌 어떻게 보면 제3자야. 못들을 다스리는 것은 나라고. 넌 못들하고 연관이 없어."

망치가 흥분한 나머지 소리를 질렀다.

"무슨 소리. 내가 잘라줘야 너도 박을 수 있잖아. 그냥 막 박나? 일의 시작은 나한테서 비롯된다고. 공구함에서 내가 얼마나 큰 비중을 차지하는지 모르는군."

쇠톱이 망치의 주장을 정면으로 반박하자 또다시 공구함에 일촉즉발의 위기감이 감돌았다.

"자! 자! 두 공구 다 자제하고. 둘 다 일리가 있는 내용이야. 근데 판단은 자네들이 아니라 공구함의 절대다수인 여기 모인 못들이 하는 거니. 의견만 이야기하면 돼."

끌이 한껏 달아오른 열기를 식혔다.

"저기 힘없는 못들이 뭘 판단해! 그것도 웃기는 이야기야. 쟤네들은 우리가 하면 따라오는 거라고. 야! 쇠톱! 안 되겠다. 그냥 너랑 나랑 여기서 한판 뜨자."

망치가 쇠톱을 내리칠 기세였다. 송곳과 펜치도 함께 싸울 기세였다.

순간 망치와 쇠톱 가운데서 공포에 떨고 있던 많은 못들 가운데 작은 못 하나가 중앙으로 걸어 나왔다. 망치와 쇠톱이 톡톡 소리를 내며 걸어 나오는 못을 의아한 눈으로 바라봤다.

"망치님! 그리고 쇠톱님! 전 이 자리에 맞아 죽을 각

오로 섰습니다. 우린 누가 공구함의 1인자가 되든 상관 없습니다. 왜냐하면 우리는 공구함에서 다른 공구에 비해 가장 작고 보잘것없기 때문입니다. 여기 계신 공구들은 대부분 반영구적입니다. 그러나 우리 못들은 소모성입니다. 물건을 만들 때 우리 형제들은 긴 이별을 합니다. 그러나 우리의 희생이 없으면 가구도 집도 만들어질 수 없습니다. 망치님과 쇠톱님도 우리가 있기에 그 존재가 빛난다고 생각합니다. 그러나 슬퍼하지 않습니다. 망치나 쇠톱님보다 잘나지 못한 우리의 운명을 받아들입니다. 다만 우리의 가치를 너무 평가 절하하지는 마세요. 세상에 모든 것은 다 필요에 의해 만들어지고, 그 하나하나가 가치가 있다고 믿기에 우리가 살아갑니다. 지금 당장 제가 이 자리에서 사라진다고 해도 아무도 기억하지 못합니다. 전 힘없는 수많은 못 가운데 하나에 불과하니까요. 비록 공구는 아니지만, 우리 존재의 이유조차 폄하하고 괄시하지 말고 동료로서 대우해 주시길 간곡히 부탁드립니다."

　작은 못은 무릎을 꿇고 처분을 기다렸다. 망치와 쇠

톱이 작은 못의 이야기에 겸연쩍어하였다. 공구함에 침묵이 돌았다. 일부 대형 못들은 자신들이 할 말을 작은 못이 목숨을 걸고 말하는 용기에 부끄러움과 감정이 북받쳐 흐느끼기까지 하였다. 베개가 되었던 오래된 드라이버도, 줄자도 눈물을 훔쳤다. 끌이 잔잔한 미소를 띠고 공구함 가운데로 나왔다.

"망치와 쇠톱, 어떤가? 아직도 1인자를 가릴 생각인가?"

망치와 쇠톱이 고개를 숙였다.

"공구함에서 누가 1인자가 되는 것이 중요하지는 않아. 우린 모두 물건을 제작하는 최 씨네 공구함에 있는 한 가족이니까."

끌이 호탕하게 웃으며 망치와 쇠톱을 가운데로 불렀다. 망치와 쇠톱이 악수를 했다. 공구들이 환호성을 질렀다. 모처럼 공구함에 평화가 찾아온 듯했다. 공구들이 흥분으로 들떠 있는 가운데 펜치가 못마땅한 듯 잔뜩 찌푸린 눈으로 이 광경을 지켜봤다. 그때 누군가 펜치의 어깨를 두드렸다. 송곳이다. 펜치와 송곳이 의미 있는 눈빛을 주고받았다. 공구함에 1인자가 없다는 것을 받아들일 수 없다는 신호였다. 둘 사이에 음흉한 미소가 흘렀다.

불행의 씨앗은 늘 어딘가에 자라고 있다.
우리가 늘 깨어 있어야 할 이유다.

착각이라
행복했다

처마 밑에 누렁이는 성격이 참 좋다. 누렁이의 목에 는 언제나 목줄이 감겨져 있다. 그렇지만 누렁이는 크게 괘의치 않았다. 주인과 함께 사는 것만으로도 누렁이는 행복했다. 요즘같이 추운 날씨에 비록 쾌적하진 않지만 안정된 집이 있다는 것은 분명 누렁이에게 복이었다.

누렁이는 이런 주인에게 항상 감사한 마음으로 최선 을 다하겠다고 다짐했다. 그러나 누렁이가 할 수 있는 것은 주인을 보면 언제나 반갑게 꼬리를 흔들어 주는 것 외에는 없었다. 누렁이는 어떻게 하면 주인을 더 기쁘게 할 수 있을까 고민했다. 순간 좋은 생각이 떠올랐다. 자신이 웃는 얼굴을 보여주면, 주인이 기뻐할 것 같았다.

신체적 한계를 무릅쓰고 누렁이는 주인을 위해 얼굴 근육을 움직여 웃는 연습을 시작했다. 그때 그 모습을 지켜보는 한 동물이 있었다. 야옹이였다. 야옹이는 누렁이의 행동을 이해할 수 없었다.

"너 완전히 미쳤구나."

양지바른 툇마루에 앉아 햇볕을 쬐고 있던 야옹이가 누렁이를 보며 한심한 눈빛을 보냈다.

"주인님이 요즘 너무 힘들어하잖아. 내가 조금이라도 힘이 되고 싶어."

누렁이가 힘들게 얼굴 근육을 움직여 입꼬리를 위로 치켜세웠다.

"하하하! 그건 화날 때 얼굴이고. 너 정말 웃기는 개구나."

야옹이가 배꼽을 잡고 웃었다.

"그런가? 이 표정은 어때? 이 표정은?"

누렁이가 오만상을 지어 보이며 야옹이에게 물었다.

"안타깝다, 안타까워. 그래 봐야 넌 개고 주인은 사람이야. 그럴 필요 없어. 그냥 적당히 살아."

야옹이가 한심하다는 듯이 고개를 흔들더니 다시 고개를 파묻고 햇볕을 쬔다.

"야! 너는 주인이 한결같이 우리를 챙겨주는데, 밥만 얻어먹지 말고 주인을 위해 뭘 할 것인지 생각해 봐!"

누렁이가 야옹이를 채근질했다.

"웃기는 소리 그만해. 나는 나고 주인은 주인이야. 내가 뭐 챙겨달라고 했나? 자기가 좋아서 하는 거지. 난 아무것도 안 할 거야. 내 인생 내가 사는 거지."

야옹이는 누렁이의 잔소리가 성가신 듯 자리를 떴다. 누렁이는 주인의 마음을 헤아리지 못하는 야옹이가 야속했다.

그날 저녁 먼발치서 주인 발자국 소리가 들려왔다. 누렁이는 벌떡 일어나 반가움에 꼬리를 살랑이며 대문을 응시했다. 오늘은 유난히 발걸음이 무거워 보였다. 대문을 밀치고 들어오는 주인의 손에 검은 비닐봉지와 소주병이 들려 있다.

주인이 누렁이 옆에 앉아 머리를 쓰다듬어 주었다. 누렁이는 이 세상에서 가장 온화한 미소로 화답했다. 웃는 얼굴까지 만들어봤지만, 주인은 알지 못했다. 주인이 소주를 한 모금 마시더니 눈물까지 흘렸다.

주인이 비닐봉지에서 오징어를 꺼냈다. 짠 냄새가 주인의 몸에서 나는 퀴퀴한 냄새랑 어우러져 누렁이의 코를 자극하였다. 주인이 누렁이에게 오징어 다리를 건넸다. 한 번도 가본 적 없는 바다 냄새가 입안을 가득 적셨다.

다음날도 그 다음날도 주인은 술에 취한 채 소주병을 들고 들어왔다. 덕분에 누렁이는 오징어랑 과자 먹는 날이 많아졌다. 주인은 안주 대신 소주만 들이켰다. 안주는 누렁이 차지였다. 가끔 주인이 발길질 할 때도 있었지만, 누렁이는 꼬리를 흔들며 주인의 투정을 받아 주었다. 주인에게 집착하는 누렁이를 야옹이는 이해할 수 없었다.

그러던 어느 날 주인이 일찍 집에 들어왔다. 오늘은 매일 차고 다니던 소주병도 없다. 누렁이가 꼬리를 흔들며 주인을 반갑게 맞이했다. 힘들게 미소도 지어 보았다. 그런데 주인은 누렁이에게 눈길 한번 주지 않았다.

주인이 서둘러 방에 들어가더니 큰 가방을 챙겨 나왔다. 아무래도 어디론가 떠날 태세이다. 그때 낯선 사람이 반려동물 캐리어를 갖고 마당에 들어섰다. 누렁이는 본능적으로 좋지 않은 예감을 받았다.

누렁이는 낯선 사람이 주인을 해코지할까 두려워 힘껏 짖었다. 야옹이가 누렁이의 소리에 놀라 단잠에서 깼다. 야옹이는 눈 앞에 펼쳐진 광경에 직감적으로 주인이 자신을 버릴지도 모른다는 생각이 번쩍 들었다. 눈치 빠른 야옹이가 조용히 주인 발아래로 걸어와 몸을 기댔다.

"아~ 요놈 봐라. 애교도 부릴 줄 아네."

낯선 남자가 야옹이를 신기한 듯 안아 본다. 야옹이는 낯선 남자의 체취가 싫었지만 폭 안겼다. 그리고 주인을 향해 애틋한 눈으로 바라봤다.

"요 녀석. 성질도 아주 다소곳하고 귀여운데요. 사장님께 가고 싶은가 봐요."

낯선 남자가 주인과 야옹이를 번갈아 보았다. 낯선 남자가 주인에게 야옹이를 건네주자 그는 주인 몸에 얼굴을 비비며 애교를 부렸다. 야옹이의 애교를 본 주인의 얼굴이 밝아졌다. 그 상황에서도 누렁이는 주인을 보호하기 위해 계속 낯선 남자를 향해 짖는 것을 멈추지 않았다. 주인은 누렁이의 짖는 소리가 시끄러워 조용히 하라고 고함을 쳤지만 멈추지 않았다.

"저 녀석 성질머리하고는. 아저씨 저 개 얼마에 가져가실 거예요?"

주인이 누렁이를 팔려고 하였다.

"고양이는 어떻게 하시게요?"

순간 야옹이는 가슴이 철렁 내려앉았지만 침착함을 잃지 않았다.

야옹이가 주인에게 다시 한번 필살 애교와 미소를 보내자 주인의 얼굴이 금새 밝아졌다.

"이 고양이는 안 팔아요. 저 개나 좀 두둑이 쳐 주세요."

누렁이는 자신의 마음을 알아주지 않는 주인이 야속했다. 주인을 기쁘게 해 주기 위해 그렇게 애를 썼지만, 야옹이는 단 한 번의 미소와 애교로 주인의 선택을 받았다. 누렁이는 주인이 언제나 마음대로 할 수는 동물에 불과했다.

살다 보면 노력에 비해 성과가 없는 경우가 많다. 어쩌겠어요? 받아들여야지. 자책하지 말자.

나만 더 힘들어진다.

놋그릇은 왜 쌀통으로 들어갔을까?

갓 결혼한 새댁 집에 다양한 식기들이 부엌 찬장 속에 가지런히 정렬되어 있다. 처음 보는 식기들은 서로 인사하며 잘 지내자고 덕담을 나눈다. 모두가 새로 들어온 식기들이라 저마다 반짝반짝 빛을 낸다. 그 가운데서도 아름다운 문양을 가진 사기그릇이 단연 돋보인다. 유리그릇을 비롯해 플라스틱 그릇, 머그잔, 쟁반, 종지들이 모두 화려한 문양과 품위를 지닌 사기그릇 주위에 모여들었다.

"와! 너무 예쁘고 아름다우십니다."

플라스틱 그릇이 탄성을 자아냈다.

"아마도 이 찬장에서 제일 고매하고 멋진 식기 같아요. 공기도 그렇고 대접도 그렇고 사기그릇들은 왜들 이렇게 다 아름다우세요. 함께 찬장에 있다는 것이 자랑스러워요."

유리그릇이 아부하는 플라스틱을 툭 밀치며 사기그릇들 옆에 바짝 다가섰다.

"너무 아름다우세요. 저랑 잘 맞을 것 같아요. 우리 잘 지내요. 호호호."

플라스틱이 유리를 못마땅한 눈으로 바라보며 입을 삐쭉 내밀었다.

"아니 뭘, 다 같은 식기들인데. 잘나고 못나고가 어디 있어요. 하하하."

잘 포개진 사기그릇 제일 위에 있던 사기그릇이 흐뭇한 표정으로 말했다. 다른 식기들의 부러움을 사는 것이 싫지 않은 표정이다.

"어머! 같은 사기인데 난 왜 문양이 없지? 크기도 훨씬 작고."

종지가 자신의 몸과 사기그릇을 번갈아 보며 우울

해한다.

"종지야! 그렇게 낙담하지 마! 넌 그릇이 아니고 종지니까 작은 거야. 무늬가 화려하고 크기가 크고 재질이 좋다고 해도 나도 너랑 똑같은 식기야. 너도 타고난 고유의 기능이 있잖아. 나도 그렇고. 다들 저마다 기능에 맞게 충실하면 되는 거지."

사기그릇이 종지의 불만을 다독거렸다.

"어쩜! 사기그릇은 외모도 아름다운데, 마음까지도 저렇게 넓을까?"

머그잔이 또 사기그릇을 치켜세웠다.

찬장에는 사기그릇이 가장 많았다. 머그잔을 비롯해 쟁반, 접시, 유리그릇 등 대부분은 사기그릇을 중심으로 자신의 서열이 정해지리라 생각하고, 최대한 친하게 지내려고 노력했다.

그때 한편에서 우두커니 이 모습을 지켜보는 그릇이 있었다. 놋그릇이다. 놋그릇은 사기그릇과 달리 은은한 빛을 내면서도 범접할 수 없는 고귀한 품격이 느껴졌다. 그런데 다른 식기들은 같은 종류가 많은데 놋그릇은 달랑 공기그릇 하나밖에 없었다.

"말로만 듣던 놋그릇이 아직까지 남아 있네요?"

사기그릇이 놋그릇을 보며 인사했다.

"네. 전 새댁이 산 게 아니고 이번에 선물로 여기 왔어요."

공기 놋그릇이 뚜껑을 벗어 한 손에 쥐고 예의 바르게 인사했다. 찬장 속 식기들이 차분하고도 우아한 품격이 느껴지는 놋그릇에 관심을 가졌다.

순간 사기그릇은 모든 시선이 놋그릇에게 쏟아지자 질투가 났다. 현대 생활에 맞지 않는 구시대 유물인 놋그릇이 자신들을 제치고 찬장의 꽃으로 피어날까 걱정되었다.

그 순간 누군가 찬장 문을 열었다. 바로 새댁이다. 식기들이 눈을 반짝거리며 새댁을 반갑게 맞이했다. 오늘은 누가 새댁에게 선택되어 맛난 밥과 국을 담을지 모두 새댁의 선택을 기다리며 긴장했다. 그런데 새댁에게

서 의외의 질문이 나왔다.

"어쩌지. 내가 깜빡하고 쌀통에서 쌀 퍼낼 때 필요한 용기를 사지 않았어. 마트 갈 때 전용 컵을 살 테니까 1주일만 부탁하자. 누가 좀 수고해 줄래?"

새댁이 상큼한 미소를 띠며 식기들에게 부탁했다. 그러나 먼지투성이인 쌀통에 들어간다는 말에 어떤 식기도 선뜻 나서지 않았다. 사기그릇도 머그잔도 고개를 푹 숙였다.

"아니 우리를 선택한 새댁이 처음 부탁하는 거잖아요. 우리가 하고 싶지만 우린 쌀통에서 어떤 것도 할 수 없어서 안타깝네요. 이렇게 서로 눈치만 보고 계실 겁니까?"

접시와 종지가 그릇과 찻잔을 향해 볼멘소리를 했다. 자신들은 절대 쌀통에 들어갈 일이 없다는 것을 알고 더욱 큰소리를 치며 그릇들을 닦달하였다. 그릇들이 저마다 곤혹스런 표정을 지었다.

그때 사기그릇이 좋은 생각이 났다는 듯 밝게 웃으며 새댁에게 말했다.

"우리가 돌아가면서 할게요. 대신 매일 그릇을 바꿔

줘야 하는 조건으로요."

"그럼. 여기 있는 그릇들은 내가 다 아끼고 사랑하는 것들이야. 꼭 그렇게 할게."

새댁이 밝게 웃으며 제안을 받아들였다.

"오늘은 찬장에서 가장 많은 수를 차지하고 있는 우리 사기그릇이 먼저 쌀통에 들어갈게요. 내일은 머그잔이 들어가고, 모래는 놋그릇이 들어가고. 일단 이런 순서로 하죠? 다들 동의하시죠?"

찬장에서 칭송받는 사기그릇이 먼저 솔선수범한다는 말에 반론없이 모두 고개를 끄떡였다. 새댁도 만족스런 표정을 지었다.

"새댁! 자 그럼, 나부터 쌀통에 넣어 줘요."

호쾌하게 응하는 그릇들의 반응에 새댁도 기분이 좋아졌다. 공기 사기그릇이 쌀통에 들어갔다. 쌀가루가 사기그릇에 하얗게 들러붙었다. 먼지 때문에 사기그릇이 연신 기침을 했다.

"미치겠네. 빨리 여길 벗어나야지. 온통 먼지투성이야. 나하고 어울리지 않아."

다음날, 약속대로 새댁이 사기그릇을 빼고 머그잔을 쌀통에 집어넣었다. 쌀통에 들어가는 순간 머그잔이 쌀 먼지에 코를 막고 어쩔 줄 몰라 했다.

"새댁! 난 여기 못 있겠어. 제발 날 좀 여기서 빼 줘! 부탁이야."

머그잔이 연신 기침하며 곧 죽을 것처럼 과장된 행동을 했다. 머그잔의 행동에 새댁이 오히려 미안해했다. 새댁이 할 수 없이 머그잔을 다시 찬장에 올려다 놓았다. 머그잔이 금방 돌아오자 식기들이 불만스런 표정으로 쏘아봤다. 싸한 눈빛에 머그잔이 머쓱한 듯 머리를 긁적였다.

"아~ 내가 평소에 천식이 있거든. 참고 있으려고 했는데 못 있겠어. 다음에는 내가 꼭 들어갈게."

머그잔이 다음 순서인 놋그릇을 보며 부탁했다. 놋그릇이 천식이 있다는 머그잔을 걱정스러운 눈빛으로 바라보며 기꺼이 쌀통에 들어가겠다고 했다. 새댁도 서로 양보하고 이해하는 식기들의 행동에 큰 감동을 받았다.

"아! 거기는 우리 식기들이 있을 데가 못돼. 먼지가 얼마나 날리던지. 그런 곳에 계속 살려면 난 절대 못 살아."

놋그릇이 쌀통에 들어가자 머그잔이 기다렸다는 듯 식기들을 보며 불만을 쏟아 놓았다.

"맞아. 정말 있을 곳이 못돼."

사기그릇도 머그잔의 이야기에 고개를 끄떡였다.

"앞으로 어떡하지? 일주일이라고 하지만 난 단 1초도 못 있겠어."

머그잔의 이야기에 식기들이 저마다 불만으로 웅성거렸다.

그때 사기그릇이 회심의 미소를 짓더니 식기들에게 제안했다.

"어차피 우리 찬장에서 놋그릇은 너무 안 어울려. 우리처럼 새로 산 것도 아니고, 어머니로부터 물려받았다고 하잖아. 우리와 출신 배경부터 다르고. 혼자 있으니까 생뚱맞아. 오래돼서 우리하고 어울리지도 않고, 이참에 놋그릇을 아예 쌀통용으로 쓰이도록 새댁한테 건의하는 게 어때?"

다른 식기들도 쌀통에 들어가는 것도 싫었지만, 놋그

룻 때문에 자신의 존재 가치가 떨어질까 우려하던 차에 사기그릇의 제안에 귀가 솔깃했다.

"그래, 뭐 놋그릇은 혼자고 우린 다수니까 새댁도 이해할 거야. 민주주의는 다수결이 원칙이니까 놋그릇도 할 말이 없을 거야."

유리그릇이 맞장구를 치자 식기들이 저마다의 이익을 계산하며 놋그릇을 찬장에서 추방하는 것에 찬성했다.

다음날 새댁이 찬장 문을 열자 식기 대표인 사기그릇이 말했다.

"여기 식기들은 모두 쌀통에 들어가기 싫어해요. 쌀통에 들어가느니 차라리 이곳을 떠나겠다고 하네요. 놋그릇이 당분간 쌀통에 계속 있으면 좋겠어요. 우리 모두 그렇게 결정했어요."

식기들이 고개를 끄떡이며 사기그릇의 이야기에 동조하였다.

"그래? 그래도 당사자 의견도 중요한 거니까 놋그릇에게 물어보고 결정하자."

새댁이 쌀통에 있는 놋그릇에게 다가가 식기들의 의견을 전했다.

"어차피 여기 오래 있지 않을 거니까 그렇게 하세요. 제가 조금 고생하면 되죠. 뭐."

놋그릇이 힘들지만, 식기들과의 화합을 위해 새댁의 의견을 받아들였다. 놋그릇이 쌀통에 당분간에 있겠다는 소식에 찬장의 식기들은 저마다 환호성을 질렀다. 놋그릇이 없어지면 상대적으로 자신이 더욱 부각되리라 생각했다.

"그런데 며칠 뒤면 다시 놋그릇이 여기 올 텐데 그때는 어쩌지?"

머그잔의 근심 가득한 표정으로 사기그릇을 보았다.

"하하하! 걱정 마. 그런 일은 없을 테니까."

사기그릇이 호탕하게 웃었다.

"왜?"

식기들이 사기그릇 주위에 모여들었다.

"놋그릇은 재질이 놋이라 때가 잘 타. 며칠만 먼지 나는 쌀통에 있어도 특유의 윤기는 사라지고 시커멓게 변할 거야. 그때 다시 여기 오려고 하면 우리가 코를 막고 못 들오게 하면 되지. 새댁도 뭐 자신이 선택한 게 아니니까 놋그릇에 크게 애정은 없을 거야. 젊은 사람이 누가 놋그릇을 좋아해. 나만 믿어."

며칠 후 사기그릇의 말대로 놋그릇은 윤기는 사라지고 거무칙칙하게 변했다. 새댁이 새로 사 온 플라스틱 용기를 쌀통에 넣고, 놋그릇을 찬장에 올리려 하자 식기들이 저마다 코를 막고 난리를 쳤다.

"아! 놋그릇하고 같이 못 있겠어요. 저런 지저분한 모습을 하고 있는 놋그릇과 함께 있다는 것은 우리에게 수치라고요."

식기들이 완강하게 반대했다. 새댁도 놋그릇도 똘똘 뭉쳐 강경하게 나오는 식기들의 모습에 당황했다.

"내가 그렇게 더러워졌어? 미안해. 하지만 나도 씻으면 깨끗해질 거야. 새댁 나 좀 씻겨 줘."

새댁이 놋그릇을 씻으려 하자 사기그릇이 외쳤다.

"며칠 동안 쌀통에 있었으면 그 냄새가 몸에 배었을 텐데. 씻어도 냄새는 사라지지 않는다고요. 우린 절대 놋그릇과 함께 있을 수 없어요."

사기그릇의 주동으로 식기들이 눈을 부릅뜨고 완강하게 나왔다. 난감해하던 새댁이 잠시 후 뭔가 결정을 했는지 단호하게 말했다.

"난 찬장에서 식기들끼리 분란이 나는 걸 원치 않아. 놋그릇이 다시 쌀통에 들어가야겠어."

"그럼 새로 온 쌀통용 전용 컵이 있으니 다른 곳에 있으면 안 돼요?"

놋그릇이 새댁에게 간절한 눈빛으로 말했다.

"지금까지 네가 잘해 왔잖아. 해보니 네가 제격인 것 같아. 쌀통하고 어울리기도 하고. 새로 온 전용 컵은 깨끗하니까 다른 용도로 쓰면 되고."

새댁이 식기들의 눈치를 보더니 놋그릇의 제안을 거부했다.

식기들이 새댁의 결정에 환호성을 질렀다. 새로 온 쌀

통용 전용 컵도 쌀통에 들어가지 않고 컵으로 사용된 것을 기뻐했다. 놋그릇은 어쩔 수 없이 쌀통에 들어갔다. 그 후로도 놋그릇은 영영 쌀통에서 나오지 못했다.

시기와 질투는 한 사람을 나락에 떨어트릴 수도 있다. 사람들이 자신을 함부로 대하는데도 가만히 있으면, 결국 나 자신을 잃게 된다.

고등
생명체

적막감이 감도는 늦은 저녁 한 조그마한 사무실, 어디선가 날아든 파리 한 마리가 내 앞에 나타났다. 내 몸에 냄새가 나는 것도 아닌데 파리는 내 책상 주위만 맴돈다.

"일해야 해. 저리 가!"

한 손으로 휘저으며 점잖게 타일렀다. 한겨울에 용케도 살아남아 질긴 생명력을 유지하고 있는 파리에 대한 측은지심 때문이다. 깊은 배려에 파리는 유유히 자리를 떴다.

나에게도 아량을 베풀 만한 대상이 있다는 것에, 또

한 생명을 넓은 마음으로 살려줬다고 생각하니 기분이 좋았다. 다시 모니터를 응시했다. 그런데 얼마 지나지 않아 파리가 또 눈앞에서 아른거렸다. 무심히 손으로 휙휙 젓자 녀석이 바로 사라졌다. 그런데 모니터를 보고 다시 일하려고 하니 맥이 끊긴다. 그래 난 두 번씩이나 녀석에게 기회를 준 거다. 다시 온다면 그땐 처절히 응징할 것이라고 다짐했다.

충분히 관용을 베풀었다. 오지 않았으면 좋겠다는 생각인데, 내 신경은 벌써 녀석을 기다리고 있다. 그런데 녀석이 오지 않는다. 아마도 저기압이라는 것을 눈치 챘는가 보다. 한갓 미물도 사람의 마음을 읽다니 녀석의 영리함에 쓴웃음이 났다.

어쨌든 녀석은 한동안 나타나지 않았다. 난 다시 마음의 안정을 찾았고 모니터를 보며 일에 매진했다. 녀석이 기억에서 잊혀질 때쯤 내 손등에 검은 생명체가 보였다. 녀석이다. 순간 내 미간이 저절로 일그러졌다. 반사적으로 반대편 손으로 내 오른손을 쳤다. 파리는 순식간에 사라지고 없다.

"이놈의 파리. 가만두지 않겠어."

가시거리에 들어오는 모든 물체를 분할 구획하여 철저히 추적했지만, 녀석의 모습이 보이지 않는다. 짜증이 머리끝까지 치솟았다. 녀석은 파리고, 난 생명체 진화의 결정체라 일컬어지는 사람이다. 왠지 녀석에게 농락당하고 있다는 느낌을 지울 수 없다. 순간 파리와 같은 하등 생명체가 고등 생명체에게 모욕감을 안겨 준 사실에 인간을 대표하여 반드시 응징해야 할 절체절명의 시대 과제로 다가왔다.

이제 내가 파리를 반드시 제거해야 하는 대의명분을 얻었다. 내가 파리를 때려잡는 것은 인간에 대한 멸시로부터 인류 공영과 번영을 위해 반드시 해야 한다. 지구인이라면 어느 누구도 반기를 들지 않으리라 확신했다. 눈을 감고 미세한 파리의 움직임에 고등 생명체로서 감지할 수 있는 모든 감각을 동원했다.

불한당의 수괴를 앞에 두고 마지막 일전을 벌여야 하는 강호의 검객처럼 내 책상에는 적막감과 긴장감이 흘렀다. 잠시 후 미세한 움직임이 책상 주변에서 느껴졌다. 직감적으로 녀석이 근처에 왔다는 것을 느낄 수 있었다. 난 감았던 눈을 얇게 뜨고 파리의 흔적을 쫓았다. 내 눈을 어지럽히는 녀석의 게릴라 전술에도 불구하고 난 고등 생물 특유의 집중력으로 녀석을 놓치지 않았다.

드디어 파리가 딱풀 뚜껑 위에 앉았다. 하필 공략하기 어려운 딱풀 위라니? 녀석은 책상이라는 넓은 평원을 놔두고 지형지물을 이용하는 치밀함을 보였다. 순간 녀석이 숱한 야전 경험이 있는 만만찮은 놈이란 생각이 들었다. 녀석이 고개를 좌우로 돌리며 몸을 풀고 있다. 이놈은 보통 파리가 아니다. 고수다. 고수는 고수를 알아보는 법이다.

내가 지켜보는 가운데 놈이 딱풀 뚜껑으로 삐져나온

약간의 진액에 집중하고 있다.

"나를 무시하는 듯한 저 행동은 뭐란 말인가? 상대가 되지 못한다는 조롱인가?"

고등 생명체로서 인류를 대표해서 심한 자괴감이 느껴졌다. 이번 전쟁은 기필코 승리로 답해야 한다는 사명감마저 일었다. 녀석의 방심을 놓치지 말아야 한다. 저놈은 고수다. 전광석화처럼 손바닥으로 딱풀을 내리쳤다. 하지만 녀석이 가볍게 귀신처럼 사라졌다. 내 레이더망이 금세 사라진 녀석을 쫓았지만, 주위를 아무리 둘러봐도 녀석이 보이지 않는다. 그제야 손바닥이 저려왔다. 고등 생명체로서 하등 생명체에 불과한 저 파리 한 마리 제대로 잡지 못하다니 부끄러웠다.

좌절과 분노가 교차했다. 순간 감각적으로 머리에 있을 수도 있다는 생각이 들었다. 확실히 난 고등 생물이었다. 미세한 머리카락의 떨림에 난 녀석이란 걸 직감적으로 알아챘다. 눈에 보이지 않는다면 좀 더 넓은 폭을 가진 도구가 필요했다. 난 책상 앞에 있던 결재판을 들고 녀석이 앉았다고 생각되는 곳에 내리쳤다.

"픽"

현기증이 돌며 아찔했다. 정신을 차리고 녀석의 행방을 쫓았다. 내 머리가 아픈 건 문제가 아니다. 아니 깨져도 상관없다. 이 싸움만은 꼭 이기고 싶었다. 아니 이겨야 한다. 녀석이 내 눈앞에서 우왕좌왕 비틀거렸다. 비틀거리는 녀석에게 바로 연달아 결재판이 허공을 갈랐다. 녀석이 보이지 않는다. 분명 결재판에 맞아 어딘가 떨어져 신경이 마비되어 사지를 떨고 있을 것이다. 사체를 확인해야 했다. 승리의 기쁨을 느끼고 싶었다. 그러나 난 곧 좌절했다.

녀석이 천혜의 요새라 일컬어지는 얇은 모니터 가장자리에 붙어 있다. 파리가 날 갖고 놀고 있다. 녀석은 주도면밀했다. 좋은 식재료를 앞에 두고 어떻게 요리할지 고민하는 주방장처럼 앞발을 사정없이 비비며 녀석이 군침을 삼키고 있다. 분명 녀석은 고등 생명체인 나

를 조롱하고 있다. 있을 수 없는 일이 대명천지에 벌어
지고 있었다. 이제 더는 물러설 곳이 없다. 나는 기세를
몰아 노트를 이용해 모니터 가장자리를 쳤다.

"와장창창"

모니터 보호기가 떨어져 나갔다. 주위 동료들이 나에
게 몰려들었다.

"왜 그래?"

"여기 파리가⋯."

동료들이 같은 고등 생명체인 아군의 시설 피해에 적
잖이 놀라는 표정이다.

"파리 넌 이제 정말 죽었어!!"

동료들이 모여들자 난 천군만마를 얻은 듯했다.

놀란 팀장이 벌떡 일어나 나를 하등 생명체 대하듯
손가락으로 가리키며 소리쳤다.

"김 과장! 왜 그래? 미쳤어? 실적도 못 내면서 참 가
지가지 한다."

"아니 팀장님! 파리가 나를 농락하고 있다고요. 이깟

223

파리가 고등 생명체인 나를 조롱하고 있다고!"

이 사무실의 최고 고등 생명체인 팀장을 향해 억울함을 호소했다.

"너! 왜 이래? 정신 차려!"

동료인 이 과장이 나의 양 볼을 치며 나를 의자에 주저앉혔다. 나의 시선은 아직 파리의 흔적을 추적하고 있다.

"어이 이 과장! 저기 빨리 데리고 나가! 어디서 저런게 굴러 들어와서… 어이가 없네."

팀장이 인상을 쓰며 이 과장에게 지시했다.

"파리, 저 녀석을 죽여야 해! 저놈이 나를, 아니 고등 생명체인 우리 인류를 모독하고 무시하고 있다고. 내손으로 응징해야 돼."

파리를 잡으려고 사방을 두리번거리며 펄쩍펄쩍 뛰는 나를 동료들이 제지했다. 난 양팔이 동료들의 팔에 끼인 채 사무실 밖으로 질질 끌려 나갔다. 그때 난 보았다.

파리가 천장 위에서 나를 비웃고 있는 것을….

직장생활 힘드시죠?

스트레스 너무 받지 맙시다.

나만 힘들더라구요.

우리는 단지 읍내로
구경 가고 싶었을 뿐이었다

산골에 살고 있던 못생긴 곰과 순하게 생긴 호랑이가 마을 어른들의 반대를 무릅쓰고 처음 읍내로 내려왔다. 생전 처음 보는 읍내 풍경에 곰과 호랑이가 연신 감탄사를 자아냈다. 읍내에 있는 동물들이 곰과 호랑이가 이상한지 연신 힐끔힐끔 보았다.

"왜 자꾸 동물들이 우릴 힐끔힐끔 보지?"
곰이 의아한 표정으로 물었다.
"그야 우리가 무서워서 그런가 보지. 산골에서 단련된 우리니까. 어깨 펴!"

호랑이가 기고만장한 표정으로 거리를 걷는다. 지나가던 동물들이 그런 호랑이의 모습을 보고 입을 가리고 웃는다.

그들의 외모가 기골이 장대하고 카리스마가 풍기는 보통 곰과 호랑이와 달랐기 때문이다.

곰과 호랑이가 옷가게에 들렀다. 주인 너구리가 긴장했다. 그러나 한눈에 보기에도 허름한 차림과 굼뜬 행동에 그들을 대수롭지 않게 여겼다.

곰과 호랑이가 이것저것 옷을 걸쳐 보았다. 너구리가 쫓아다니며 말렸다.

"그냥 눈으로 보고 사요. 이것저것 걸쳐 보면 옷이 상할 수도 있으니까."

너구리의 냉랭한 말에 곰과 호랑이가 주눅 들었다.

그때 긴 머리를 휘날리며 사자가 위풍당당하게 가게로 들어왔다. 너구리가 바짝 사자 옆에 붙었다.

"어서 오세요. 맘껏 구경하세요."

너구리가 그들에게 대하던 것과는 사뭇 대조적인 모습을 보였다.

"옷 골랐어요? 빨리빨리 골라요! 가게도 비좁은데 두 마리가 들어오니까 설 자리가 없네. 살 형편도 못 되면서 쳇."

너구리가 못마땅한 표정을 지으며 둘을 번갈아 보았다. 못생긴 곰이 당당하게 보란 듯이 옷을 너구리 눈앞에 갖다 댔다.

"이거 얼마에요?"

"20만 원. 사게요?"

너구리가 콧방귀를 뀌었다. 그러나 곰은 좀 전의 당당한 모습은 사라지고 풀이 죽은 채 조용히 고른 옷을 제자리에 갖다 놓았다.

"다음에 다시 올게요."

곰이 호랑이의 팔을 끌고 서둘러 나갔다.

"오기는 뭘 와! 우리 가게 물 흐리게. 돈도 없는 것들이. 아이 재수 없어."

너구리가 곰과 호랑이가 나가자마자 사자에게 달려

갔다.

"이쪽으로 와 보세요. 이게 어제 들어온 신상인데. 한 번 입어보세요."

너구리가 사자를 친절하게 안내하는 소리가 밖으로 들렸다.

고개를 돌려 소리가 나는 가게 쪽을 보던 곰과 호랑이가 시무룩해졌다.

"야! 우리 곰하고 호랑이 맞니?"

호랑이가 곰에게 뜬금없이 물었다.

"맞지. 그럼."

"근데 왜 여기 읍내 동물들은 우릴 안 무서워하지? 무서워하는 건 둘째치고 아예 무시하잖아."

호랑이가 볼멘소리를 하였다.

"우리 모습이 너무 촌스러워서 그런가?"

"당장 옷부터 사자. 이렇게 해서는 다음에 읍내 올 때도 마찬가지일 거야."

호랑이가 곰을 다그쳤다.

"근데, 배고프지 않아? 일단 뭘 좀 먹고 하자."

곰이 싱긋 웃으며 호랑이를 꾀었다.

곰과 호랑이가 국밥집에 들어갔다. 주인인 토끼가 부지런히 움직인다. 곰과 호랑이의 몰골을 보고 토끼가 너구리처럼 콧방귀를 뀌었다.

"뭐 먹을래?"

토끼가 반말을 하였다.

"국밥 주세요, 그런데 왜 우리한테 말 놓으세요?"

호랑이가 토끼에게 눈을 치켜뜨며 말했다. 토끼가 어이없는 표정을 지었다.

"말 놓을 만하니까 그렇지. 너희들 저 산골에서 내려왔지?"

"네, 그런데요?"

곰과 호랑이가 약속이나 한 듯 동시에 말했다.

"그러니까 내가 말을 놓는 거야. 거기 사는 동물들은 다 순진하고 어리숙하다며? 쓸데없는 소리 하지 말고 어서 먹고 가! 무슨 봉변 당하려고 읍내를 활보해!"

토끼가 눈꼬리를 치켜올리며 윽박질렀다.

못생긴 곰이 자리에 벌떡 일어나 토끼의 멱살을 잡았다. 당황한 호랑이가 곰을 말렸다.

"이 자식 난 곰이고 넌 토끼야. 내가 힘이 세단 말이야. 왜 무시하고 그래?"

토끼가 가쁜 숨을 쉬며 소리를 쳤다. 토끼의 비명에 주변의 시장 동물들이 가게 안으로 들어와 곰을 나무랐다.

"산골에서 온 곰이 어디 감히 읍내에 있는 동물을 건드려! 이건 도저히 용납할 수 없는 일이야."

순대 장사를 하는 잘생긴 곰과 정육점을 하는 무섭게 생긴 호랑이도 못생긴 곰과 순하게 생긴 호랑이를 나무랐다. 못생긴 곰이 너무 억울한 나머지 잘생긴 곰에게 하소연했다.

"같은 곰끼리 이래도 되는 겁니까? 정말 너무합니다."

"같은 곰? 귀신 씨 나락 까먹는 얘기 하지도 마라. 내가 어떻게 너랑 같은 곰이야? 너는 못생겼고 난 잘생겼어. 그리고 넌 산골에 살고 난 읍내에 살아. 너와 난 곰의 형체는 띄고 있지만 분명 달라. 네 입에서 나랑 비교하는 이 상황 자체가 기분 나빠."

　잘생긴 곰이 못생긴 곰의 머리를 쥐어박았다.

　"산골에 사는 동물들은 여기 읍내로 못 오게 해야지,
원. 왔다 그러면 분란만 일으키고 말이야. 아예 법을 만
들어야 해."

　구둣가게 염소가 하얀 수염을 매만지며 불쾌해하였
다. 못생긴 곰과 순진하게 생긴 호랑이가 쫓겨나다시
피 국밥집을 나왔다. 길거리에 나오자 표독스럽게 생

긴 여우 무리가 오토바이를 타고 지나가더니 곰과 호랑이를 보고 쫓아 왔다.

"여기서 물 흐르지 말고 당장 꺼져!"

못생긴 곰과 순진하게 생긴 호랑이가 허겁지겁 읍내를 벗어나 산골로 돌아갔다. 못생긴 곰과 순진하게 생긴 호랑이는 왜 산골 마을 동물들이 읍내에 가는 것을 말렸는지 그제야 알게 되었다. 외모가 같다고 같은 동물이 아니었다.

차별하는 사람이 나쁜 이유는 죄책감이 없다는 것이다. 그들에게 인정받으려 하지 말자.

제3부

돼지로
산다는
건

입 큰 개구리

한적한 연못가에 개구리들이 사는 작은 마을이 있었다. 이 마을에서 가장 힘이 센 개구리는 입 큰 개구리들이었다. 입 큰 개구리가 사회 지도층이 된 데에는 큰 목소리와 유수한 언변이 가장 컸다.

한번은 입 작은 개구리들이 입 큰 개구리가 하릴없이 누리기만 한다며 쌓여 왔던 울분을 토했다. 그러자 입 큰 개구리는 입 작은 개구리는 목소리도 작고 힘도 없는 만큼 자신들의 지시를 받는 게 맞다고 했다.

입 작은 개구리들이 부당하다며 팔짝팔짝 뛰었지만, 입 큰 개구리들이 저마다 벼락처럼 쩌렁쩌렁 울리는 목소리로 속사포처럼 말을 내뿜었다. 그 바람에 일부는 고막이 터지는가 하면 두통을 호소하고 경기를 일으키는 개구리들까지 생겨 입 작은 개구리들은 크게 위축되었다.

그 후 입 큰 개구리들은 입 큰 개구리 선발 대회, 목소리 크기 대회 등 자신들의 우월성을 과시하기 위한 다양한 행사를 개최하며 입지를 넓혀 갔다.

그러던 어느 날 입 큰 꼬마 개구리가 입 작은 개구리들이 사는 동네 연못 주변을 지나가고 있었다. 입 큰 꼬마 개구리를 본 입 작은 꼬마 개구리 여러 마리가 호기심 어린 표정으로 주변에 모여들었다.

"옛날부터 궁금한 게 있었는데. 어떻게 하면 너처럼 입이 커질 수 있어?"

입 작은 개구리 중 덩치가 가장 작은 녀석이 호기심 가득한 눈으로 물었다.

"이건 타고 나야 해. 선택받았다고 해야 하나?"

입 큰 꼬마 개구리가 한껏 목에 힘을 주며 말했다.

"와! 부럽다."

입 작은 꼬마 개구리들이 부러움에 탄성을 자아냈다.

"너희들, 우리 엄마 아빠 봤지? 입이 엄청 커. 난 비교도 안 돼!"

"우리 엄마 아빠도 입이 컸으면 고생도 덜하고 풍요롭게 지낼 수 있었을 텐데…."

입 작은 꼬마 개구리들이 한숨을 쉬며 자신의 처지를 비관했다.

"뭐 꼭 방법이 없는 건 아니야."

입 큰 꼬마 개구리가 입 작은 꼬마 개구리들에게 말했다. 그 말에 입 작은 꼬마 개구리들이 눈을 반짝반짝하며 주위에 모여들었다.

한참 뜸을 들이던 입 큰 꼬마 개구리가 음흉스런 미소를 보이며 말했다.

"입을 찢어!"

"입을 찢으라고? 그럼 엄청 아플 거 같은데, 혹시 잘못되면 어떻게 해?"

입 작은 꼬마 개구리들이 자신의 입을 만지작거리며 입 큰 꼬마 개구리를 바라봤다.

"너희들, 나하고 사귀고 싶지 않아? 그런 노력도 없이 어떻게 우리 계층에 올 수 있겠어? 도전 정신이 하나도 없네. 그러니까 맨날 너희 부모처럼 그렇게 일만 하며 사는 거야. 방법이야 너희들이 알아서 하는 거고. 입 커지면 찾아와! 그럼 우리 입 큰 개구리 모임에 끼워 줄게."

입 큰 꼬마 개구리가 입속에 바람을 잔뜩 넣었다. 입 큰 꼬마 개구리가 풍선처럼 둥글게 변하였다. 곧 하늘로 올라갈 것 같았다. 입 작은 꼬마 개구리들이 부러운 눈으로 바라보았다. 그때 입 큰 꼬마 개구리가 한껏 부풀어 오른 바람을 갑자기 입 작은 꼬마 개구리들을 향해 불었다. 입 작은 꼬마 개구리들이 충격에 뒤로 넘어졌다. 입 큰 꼬마 개구리가 호탕하게 웃으며 유유히 손을 흔들며 사라졌다.

덩치가 가장 작은 입 작은 꼬마 개구리가 집에 돌아

와 거울을 봤다. 입이 작다. 양손으로 입을 찢어 보았다. 입이 조금 커졌다.

입 작은 엄마 개구리가 들어와 뭐 하냐고 물었다. 입 작은 꼬마 개구리가 낮에 있었던 일을 이야기했다.

"애야! 너도 조금 더 크면 입이 지금보다 더 커질 거야."

엄마가 꼬마 개구리를 달랬다.

"엄마 아빠는 어른인데도 입이 작잖아. 입 크기는 타고나는 거래. 엄마 아빠가 입만 컸으면 나도 컸을 텐데. 나도 입 큰 개구리 되고 싶다고."

꼬마 개구리가 엄마를 원망했다.

"입이 크고 작은 것은 중요하지 않아. 어떻게 사느냐가 중요한 거지."

"어떻게 뭐 착하게 살라고? 지금 현실이 착하게 산 결과잖아. 싫어."

입 작은 꼬마 개구리가 문을 박차고 나갔다. 아무것도 해줄 수 없는 엄마 개구리의 눈에 눈물이 맺혔다.

입 작은 꼬마 개구리는 그날부터 틈만 나면 입을 찢었다. 밥을 먹을 때도 최대한 큰 숟가락으로 입에 떠 넣었다. 너무 크게 벌려 턱이 빠지는 경우도 있었지만, 입 작은 꼬마 개구리는 포기하지 않았다.

그러던 어느 날 입 작은 꼬마 개구리가 입 큰 꼬마 개구리 집을 찾아갔다. 입 큰 개구리 집은 입 크기에 맞춘 듯 큰 집에서 살았다. 부엌에서 요리하던 입 큰 꼬마 개구리 엄마가 불쾌한 듯 인상을 찡그리며 아들을 봤다.

"입 작은 개구리가 여긴 웬일이야? 얘 너 요즘 이런 애들하고 어울리니?"

"아니요. 내가 어떻게 입 작은 개구리랑 어울려요. 무슨 일이야?"

입 큰 꼬마 개구리가 손사래를 치며 입 작은 꼬마 개구리를 냉소적으로 봤다.

"저기. 나 입 좀 커졌어. 나 되게 열심히 노력했거든. 자, 봐!"

입 작은 꼬마 개구리가 입을 크게 벌렸다. 한 뼘만큼 입이 벌어졌다.

입 큰 개구리 엄마가 큰 입을 프라이팬으로 가리며 크게 웃었다. 프라이팬 위로 입 큰 엄마 개구리의 윗입술이 삐져나왔다.

"정말! 대단한 입이다."

입 작은 꼬마 개구리는 엄마의 큰 입에 크게 놀라며 자신도 모르게 중얼거렸다.

입 큰 꼬마 개구리도 책을 가리고 크게 웃었다. 책 위로 입술이 보였다. 순간 입 작은 꼬마 개구리는 엄마가 저 정도면 아빠는 얼마나 입이 클까 상상을 해봤다.

"너 미쳤냐? 그걸로는 어림도 없어. 가! 너랑 놀아줄 수 없겠다."

입 큰 꼬마 개구리가 뒤돌아섰다. 입 큰 엄마 개구리가 아들의 어깨에 되고 소곤거렸다.

"앞으로 입 작은 개구리들이랑은 어울리지 마라. 격 떨어져. 입 큰 개구리하고만 놀아!"

입 큰 꼬마 개구리가 웃으며 말했다.

"나도 그냥 심심해서 해 본 소린데 죽자고 덤벼드네. 입 작은 것들은 암튼 수준하고는… 자기 분수도 모르

고…."

두 개구리가 크게 웃으며 뒤돌아섰다. 입 큰 엄마 개구리는 얼마나 크게 웃는지 입술까지 뒤돌아선 머리 뒤로 간간이 보였다.

입 작은 꼬마 개구리가 힘없이 집으로 돌아갔다. 입 작은 엄마 개구리가 울고 있는 꼬마 개구리를 꼭 안아 주었다.

1등만 있고 나머지는 패배자로 보는 현실이 두렵다. 우리는 서로 다른 환경에서 살아왔다. 그 결과 독특하고 창조적인 개성이 만들어진다. 서로 다름을 인정하는 순간 행복한 경쟁을 할 수 있다.

몽실이

　달마시안 두 마리가 강 씨네 집에 온 것은 지난해 초
가을이었다. 중학생인 딸의 성화에 못 이겨 어렵사리
새끼 두 마리를 분양받았다. 너무 좋아하는 딸을 보자
강 씨도 기분이 좋아졌다.

　한적한 시골에서 농장을 운영하는 강 씨의 집은 주변
에 비해 여유가 있었다. 딸은 얼룩 반점이 조금 큰 달마
시안을 몽실이, 다른 한 마리를 몽삼이라고 정했다. 강
씨는 몽실이와 몽삼이를 마당에서 키우려고 했지만, 딸
은 집안에서 키우자고 졸랐다.

할 수 없이 강 씨는 몽실이와 몽삼이가 조금 크면 밖에서 키우겠다는 조건으로 딸의 요구를 받아들였다. 몽실이와 몽삼이는 딸의 보살핌 속에 하루가 다르게 쑥쑥 자랐다.

몽실이는 몽삼이에 비해 욕심이 많았다. 똑같은 밥을 주어도 몽실이는 자기 것을 빨리 먹고 난 뒤 몽삼이 밥도 빼앗아 먹었다. 때문에 몽삼이는 몽실이에 비해 덩치가 작았다.

안타까운 마음에 강 씨가 몽삼이에게 따로 먹을 것을 챙겨주면 몽실이는 질투심에 몽삼이를 괴롭혔다. 몽실이는 주인 딸을 유난히 따랐다. 잠 잘 때는 몽삼이를 근처에도 못 오게 하고 언제나 주인 딸 옆에서 잤다.

대신 몽삼이는 거실에서 혼자 잤다. 주인 딸은 몽삼이보다 자신을 유난히 따르는 몽실이가 좋았다. 몽실이가 조금만 지저분하면 제때 목욕시키지 않았다고 엄마를 닦달했다. 때문에 몽실이의 몸은 몽삼이에 비해 깨끗했다.

딸은 몽실이를 좋아했지만, 목욕부터 먹이 주는 것까지 어느 것도 하지 않았다. 개로 인한 모든 집안일은 강씨와 부인의 몫이었다. 딸은 깨끗한 몽실이와 한 번씩 놀아주는 것이 전부였다. 몽삼이도 사랑받고 싶었지만, 몽실이 때문에 근처에 갈 엄두가 나지 않았다.

강 씨 부부는 공부하는 딸에게 혹 방해가 될까 싶어 딸에게 어떤 일도 시키지 않았다. 부모님은 더 이상 몽실이의 행동을 참을 수가 없었다. 강 씨는 몽실이와 몽삼이를 밖에서 키우기로 결정했다. 집 안에서 얌전하게 있던 몽삼이는 몽실이 때문에 얼떨결에 밖에 나가게 되었다.

딸이 강 씨에게 매달리며 집 안에 있게 해달라고 울면서 사정했지만, 강 씨는 더 이상 용납할 수 없었다. 강 씨는 마당 한 편에 개집 두 개를 나란히 지었다. 몽실이는 항상 사람과 다름없이 풍족하게 생활했는데, 시골집 마당에서 똥개 취급당하는 것을 받아들일 수 없었다.

몽실이는 그날부터 시도 때도 없이 억울함에 밤마다 컹컹 짖었다. 그리고 괜히 옆에 있던 몽삼이한테 화풀이를 했다. 몽삼이는 몽실이게 대들어도 봤지만, 힘을 당해 낼 수 없었다. 보다 못한 강 씨가 몽삼이를 몽실이게서 떼어 놓았다. 몽실이는 이제 자신이 화풀이 할 대상도 없어지자 좌절했다.

몽실이에게 이제 남은 것은 자신을 사랑해 준 딸에게 호소하는 방법밖에 없었다. 몽실이는 딸이 마당에 들어서는 순간 최대한 꼬리를 살랑거리며 반겼다. 몽삼이도 꼬리를 살랑거리며 주인 딸을 반겼다.

주인 딸은 밤마다 컹컹 울부짖는 몽실이가 안타까워 꼭 껴안아 주었다. 몽실이는 눈빛으로 자신을 꼭 집 안으로 데리고 들어가 달라고 애원했다. 딸도 그런 몽실이의 마음을 읽고 그렇게 하겠다고 눈을 질끈 감았다.
몽삼이는 몽실이만 예뻐하는 주인 딸이 야속했지만, 크게 실망은 하지 않았다. 몽삼이는 자신이 사람이 아니라 개라는 것을 알고 있었다.

딸은 강 씨에게 몽실이는 집 안으로 데려와야 한다고 주장했다. 강 씨는 반대로 그럼 얌전한 몽삼이만 집안에 들여놓자고 했다.

그러나 딸은 몽삼이는 바깥에서도 잘 생활하고 있지만, 몽실이는 잘 생활하지 못하기 때문에 몽실이를 집 안으로 데려와야 한다고 주장했다. 딸이 부모와 이야기하는 와중에도 마당에서 몽실이는 서러운 울음을 그치지 않았다.

"우리는 따뜻한 방에 있으면서 밖에 날씨가 저렇게 추운데 어떻게 몽실이를 놔둬요? 너무 잔인하다고 생각하지 않으세요?"

딸이 울먹이며 하소연했다.

"사람이 아니라 개야. 똑같은 개라도 몽삼이는 조용히 있잖아."

강 씨가 설득했다.

"몽삼이는 원래 집 안에 있을 때도 얌전했지만, 몽실이는 달라요. 몽실이는 사랑을 받으며 귀하게 자라왔잖아요. 귀하게 자란 몽실이는 귀하게 자라야지요. 아빠는 신음하는 저 소리가 들리지 않으세요? 진짜 너무 매정하세요."

딸이 강 씨를 쏘아붙였다.

"몽삼이도 추운 건 마찬가지야."

강 씨가 타일렀다.

"몽삼이는 가만히 있고 몽실이는 저렇게 힘들어 하니까 집 안으로 데려와야 한다는 거지요."

딸이 강 씨와 대화가 안 된다는 듯 자리에서 일어났다.

"그럼 몽실이가 들어오면 그 뒤치다꺼리는 어떡할 거야?"

엄마가 반박했다.

"나도 청소하고 싶지만, 공부해야 하니까 그렇지요. 내년이면 저 고등학교 가요. 엄마가 딸을 위해 그것도 못해 줘요?"

딸이 원망 어린 눈빛으로 부모를 보았다. 그러더니 급

기야 밖으로 나가 몽실이를 데리고 집 안으로 들어왔다.

"몽실아! 미안해. 이제부턴 집 안에 있어. 많이 추웠지? 먼저 따뜻한 물로 목욕부터 해야겠다. 엄마! 빨리 물 덥히고 몽실이부터 좀 씻겨 줘요. 난 공부해야 해요."

딸이 문을 닫고 들어갔다. 강 씨 부부가 멍하니 몽실이를 보았다. 몽실이의 입가에 미소가 번졌다. 몽삼이는 몽실이가 들어간 거실을 물끄러미 보았다. 거실 넘어 희뿌연 불빛 사이로 눈보라가 쏟아졌다. 몽삼이가 추위에 몸을 떨었다. 겨울이 깊어간다.

나약함과 동정의 눈빛을 무기삼아 상대를 조정하고 지배하려 드는 사람이 있다.

참 피곤한 세상이다.

아기 곰
바리

이른 아침! 따사로운 봄 햇살이 살얼음에 떨고 있는 옹달샘을 따뜻하게 감싼다. 아직 쌀쌀한 기운이 감도는 들판이지만 꽃들은 벌써 수줍게 자태를 뽐낸다. 이제 기나긴 겨울이 지나간다. 동굴에서 겨울을 보낸 아기 곰 바리도 봄 햇살에 끌려 밖으로 나왔다.

바리는 땅을 비집고 살짝 고개를 내민 꽃과 아득히 걸려 있는 구름이 신기하기만 하다. 발바닥에 와닿은 부드러운 풀잎과 여린 속살을 스치고 지나는 바람이 좋다. 바리는 지난겨울 동굴 속에서만 지내다가 처음 바깥에 나왔다. 하염없이 뻗어나간 숲을 보고 있던 바리 앞에 나비 한 마리가 알짱거렸다. 바리가 나비를 쫓아 뛰어 갔다. 나비도 자신을 따라오는 바리가 싫지 않은 듯 날 개를 파닥거리며 희롱한다.

"바리야! 이리 온."
두 발을 한껏 들고 나비와 놀던 바리를 부른 건 엄마 였다. 바리가 힘찬 발길질로 엄마에게 달려갔다.
"엄마! 엄마!"
그 순간 바리의 얼굴은 세상에서 가장 행복한 모습이 다. 자신을 놔두고 엄마에게 달려가는 바리가 야속한지 나비가 연신 자기랑 더 놀아 달라며 바리의 머리 위를 뱅 글뱅글 돈다. 모든 것이 평온하고 아름다운 이른 봄이다.

"바리야! 오늘은 네가 처음 세상 밖으로 나온 날이구 나. 아랫마을에는 많은 동물이 산단다. 인사도 할겸 마 을 구경하러 가자. 마을 사람들하고 친하게 지내야 너 도 잘살 수 있어. 항상 몸을 낮추고 겸손하게 알았지?"
바리는 엄마의 말이 무슨 뜻인지 몰랐지만, 첫 외출

에 신나기만 했다.

"마을은 동물들이 한데 어울려 사는 곳이니까 맘대
로 하면 안 된다. 넌 나이도 어리니까 다른 동물들 보
면 무조건 먼저 인사하고, 상냥하게 웃고 그렇게 하렴.
알겠니?"

"네."

엄마의 당부에 바리가 씩씩하게 대답했다.

"다른 동물들은 어떻게 생겼을까? 마을은 또 어떤 모
습일까?"

마을로 내려가는 내내 바리는 새로운 세상을 마주한
다는 설렘에 가슴이 두근거렸다. 이윽고 마을에 도착하
자 많은 동물들로 활기가 넘쳤다.

긴 꼬리를 좌우로 흔들며 요염하게 걷는 여우 아낙네
들과 붉은 엉덩이를 내놓고 입 안 가득 음식물을 넣은
채 부끄러운 줄도 모르고 거리를 활보하는 돈 많은 양
아치 원숭이, 짧은 다리로 부지런히 생선을 이고 거리

를 오가는 생선 장수 수달, 온몸에 가시를 세운 채 무서운 모습으로 쥐구멍에서 나오는 쥐들을 검문하는 경찰관 고슴도치 등 모든 게 신기했다.

한편에서는 누구에게 맞았는지 눈 주위에 커다란 멍이 든 채 해맑게 웃고 있는 세탁소 판다 아저씨, 프라이팬을 들고 판다 아저씨를 윽박지르고 있는 앞집 슈퍼마켓 호랑이 아줌마, 긴 머리를 휘날리며 그 옆을 애써 못 본 척 지나가는 미용사 사자 아저씨, 괴성을 내며 거리를 쏜살같이 달리는 폭주족 얼룩말, 그 와중에 난간에 기대어 햇살을 맞으며 졸고 있는 꽃집 고양이 아저씨 등 엄마가 일일이 가르쳐 주는 동물들은 생김새부터 하는 행동까지 바리에겐 모두가 낯설고 재밌었다.

"엄마! 참 신기해. 판다 아저씨는 점만 빼면 우리랑 많이 닮았다. 그지?"

"우리랑 먼 친척 아저씨야. 참 법 없이도 살 곰인데 결혼을 잘못해서 맨날 저렇게 당하고 사는구나. 넌 나중에 여자 잘 만나서 살아."

판다를 바라보는 엄마의 얼굴에 안쓰러움이 묻어났다. 엄마의 걱정과 아랑곳없이 바리는 이곳저곳을 구경하느라 신이 났다. 엄마가 과일 가게로 들어갔다. 황소 한 마리가 덩치에 안 맞게 마늘을 까고 있다.

"아이구! 이게 얼마 만이에요? 겨울잠은 잘 잤소?"

황소가 반갑게 엄마를 맞이했다.

"눈이 좀 부었죠? 이번 겨울은 유난히 길어서 좀 오래 잤더니…."

엄마가 입을 가리고 웃었다.

"요 녀석은? 아들?"

"네. 작년에 겨울잠 자면서 출산한…. 어서 인사해. 뭐해?"

"아이구! 그놈 아빠를 쏙 빼닮았네 그려."

황소의 말에 엄마 얼굴이 슬퍼졌다.

"아참! 내 입 봐라. 요놈의 조동이. 미안해요."

황소가 자신의 입을 때렸다.

"아니에요. 괜찮아요. 다 지나간 일인데요. 뭘."

"안녕하세요? 바리에요."

바리가 황소에게 인사를 했다. 황소가 바리의 머리를 쓰다듬더니 방금 깐 마늘을 건넸다.

"아니! 뭘 이렇게 귀한 걸 애들한테 줘요. 괜찮아요."

엄마가 손사래를 치며 사양했다.

"이거 먹어봐. 이게 곰한테는 최고야. 이게 바로 먹으면 사람도 될 수 있다는 마늘이란다."

황소가 마늘 몇 개를 바리의 손에 쥐어 줬다.

바리가 호기심에 마늘을 깨물어 봤다. 아릿하고 쓴 맛이 입 안을 쏘았다.

"이걸 어떻게 먹어요."

인상을 쓰며 바리가 말했다.

"원래 몸에 좋은 건 쓴 법이란다. 먹으렴!"

황소가 껄껄 웃으며 바리의 어깨를 다독였다. 엄마도 함께 웃었다.

"올해는 우리 과일 좋은 값에 사 주실 거죠?"

"그럼요. 품질은 곰 아줌마가 최고죠. 나는 그렇다 치더라도 욕심쟁이 원숭이가 어떻게 할지 모르겠네요. 이번엔 품목을 좀 바꿔 보는 것이 어떠세요?"

황소가 조심스럽게 엄마에게 말했다.

"한평생 키운 과일나무를 하루아침에 걷어내고 다른 작물을 한다는 건 쉽지 않네요. 배운 게 그것밖에 없는데요 뭘. 그냥 천직이려니 하고 살지요."

"할 이야기는 아니지만, 바리 아빠도 그 원숭이 때문에 화병으로 죽은 거나 마찬가지잖아요. 막말로 과일은 원숭이가 제일 많이 먹잖아요. 실컷 농사지어 놓으니까 곰이 생산한 과일은 맛도 없는데다 비싸다고 동네방네 다 떠들고 다니고, 자기들은 멀리 이웃 마을에서 사 먹으니. 아줌마가 생산한 과일이 어디 팔려요?"

황소가 원숭이를 성토했다.

"원숭이와 친하게 지냈으면 이렇게까지는 안 됐을 텐데 아쉽네요."

"이건 친하고 안 친하고의 문제가 아니라 상거래의 기본 예의죠."

황소가 아직 화가 덜 풀렸는지 뿔을 좌우로 흔들었다. 엄마가 난처한 표정으로 황소에게 공손히 인사하더니 서둘러 가게를 나왔다.

"늙은 원숭이한테 가 봐야겠다. 올해는 지난해 같은 시행착오는 겪지 말아야지. 원숭이 비위도 좀 맞춰 주고…."

엄마의 얼굴에 시름이 가득했다. 늙은 원숭이가 사는 집은 나무 위의 호화 저택이었다. 원숭이 집에 가기 위해서는 엘리베이터라고 불리는 밧줄을 잡고 올라가야 했다. 엄마 곰이 밧줄을 잡고 올라가려고 하자 젊은 원숭이 한 마리가 부리나케 쫓아 나왔다.

"안 돼! 여긴 당신 같은 곰이 함부로 들어올 곳이 못 돼. 어디서 교양도 없이 무례하게 여길 와. 이게 얼마짜리 집인 줄 알아? 할 이야기 있으면 여기서 해요."

젊은 원숭이가 버럭 화를 냈다.

"아~ 죄송합니다. 늙은 원숭이를 좀 뵈러 왔는데요. 우리 과일 때문에."

"아~ 맞다. 작년에 그것 때문에 신랑이 스트레스받아 암으로 죽었지. 안 됐어. 그러니까 진작 싼 값에 제공했으면 됐잖아. 이 마을에서 우리가 가장 많이 과일을 소비하지 않나? 그러면 우리한테 잘해야지."

젊은 원숭이가 엄마를 윽박질렀다. 자그마한 원숭이 녀석이 엄마를 혼내는 것을 보고 바리가 주먹을 불끈 쥐자 원숭이 녀석이 재빨리 나무 위로 올라갔다.

"바리야! 그러면 안 돼! 여기 원숭이가 우리 과일을 사 주지 않으면 우린 살지 못해."

엄마가 난처한 표정으로 바리를 말렸다.

"그럼. 이놈들 때문에 우리 아빠가 암으로 돌아가셨다는 거잖아요. 이놈들 오늘 그냥 가만 놔두지 않겠어! 내가 올라가서…."

바리가 밧줄을 타고 올라가려는 순간 늙은 원숭이가 나무 위에서 소리쳤다.

"누가 왔는데 이렇게 소란스러워? 과일 장수 곰 아줌마 아닌가? 여기서 이렇게 소란 피우면 안 되잖아. 너희 과일은 우리 원숭이들이 하나도 안 사 먹을 테니 해 봐라 이 미련한 곰탱아. 야! 빨리 고슴도치에게 연락해서 저놈들 여기서 난리 친다고 연락해."

엄마가 바리의 등을 때리며 빨리 잘못했다고 빌라고 했다. 바리는 내키지 않았지만, 엄마의 다그침에 할 수

없이 무릎을 꿇었다.

"그래. 진작 그럴 것이지. 아무튼 앞뒤 안 가리고 대드는 거는 그 아비에 그 자식이구먼. 굶어 죽지 않으려면 우리한테 잘해. 아들 교육 잘 시키고."

늙은 원숭이가 천천히 바닥으로 내려왔다. 바리가 눈물을 흘리며 사과했다. 엄마는 바리에게 살기 위해 자존심은 버리라고 했다. 자존심을 버리면 먹고 사는 데 지장이 없다고 했다. 엄마는 바리가 아버지처럼 그렇게 허망하게 죽지 않았으면 하는 바람 하나뿐이었다.

집으로 돌아오는 길에 나비 한 마리가 바리를 반갑게 맞이했다. 바리는 나비의 날갯짓을 뒤로한 채 엄마 손에 이끌려 과수원으로 향했다. 바리는 겨울이 오기 전에 원숭이에게 팔 과일을 생산하기 위해 열심히 일했다. 숲속의 여름이 그렇게 지나갔다.

엄마는 바리가 아버지처럼 될까 봐 두려웠다. 바리는 어른이 되어서도 살기 위해 비위를 맞추는 것이 몸에 배어 버렸다. 엄마가 과수원을 떠난 삶을 생각해 본 적이 없듯이 바리도 과수원에 얽매였다. 바리는 원숭이에게 과일을 팔기 위해 한껏 몸을 숙였다. 오늘도 바리는 과수원에서 비지땀을 흘렸다. 최대 고객인 원숭이를 위해서….

가난에 익숙해지는 것을 경계하자. 나도 모르게 길들여진다.

도토리
키 재기

   얼마 전에 결혼한 늑대가 집들이를 하였다. 신부가 어떻게 생겼는지 동료들이 무척 궁금해했다. 늑대는 손님들을 맞이하기 위해 신선한 고기들을 잔뜩 준비했다. 직장 상사인 염소와 동료인 토끼와 노루, 황소가 늑대의 집을 방문했다.

   동료들은 조금씩 돈을 모아 선물도 준비해 갔다. 늑대 부부가 현관까지 나와 동료들을 반갑게 맞이했다. 고기를 먹지 못하는 동료들이 식탁을 보고 한숨만 내쉬었다. 그날 동료들은 늑대 부부가 먹는 것을 보고만 있었다. 집에서 나오자 동료들은 벌레만도 못한 말종이라며 늑대 부부를 욕했다.

　몇 달 후 같은 사무실에 있는 토끼가 새집으로 이사를 했다. 집을 넓혀 이사한 토끼는 동료들을 집으로 초대했다. 동료들은 자기들처럼 초식동물인 토끼가 늑대 부부처럼 자신들이 먹을 수 없는 음식은 준비하지는 않을 거라 믿으며 집으로 향했다.
　늑대는 일전에 자신이 했던 행동은 생각지도 않고 포식할 생각으로 들떠 있었다. 욕심 많은 늑대가 제일 먼저 문을 열고 들어갔다. 다행히 토끼는 동료들의 취향에 맞게 다양한 음식을 깔끔하게 준비해 놓았다. 동료들이 역시 자신들의 믿음을 저버리지 않는 토끼에게 고마움을 표시하며 음식을 먹었다. 준비한 선물도 기분 좋게 주었다.

　한창 분위기가 무르익을 무렵 노루가 음식을 더 달라고 하니 토끼가 난감한 표정을 지었다. 지금 밥상에 차려진 음식이 전부라고 했다. 토끼는 자기가 먹는 양에 맞춰 음식을 준비한 것이었다. 미안해하는 토끼를 뒤로 한 채 동료들이 입맛만 다신 채 집으로 돌아갔다. 집에서 나오자 동료들이 차라리 초대하지 말지 뭐 하려고 불렀냐며 토끼를 욕했다.

늑대와 토끼의 집들이가 잊혀져 갈 때쯤 황소가 돌잔치에 동료들을 초대했다. 이번에는 집이 아니라 근사한 뷔페에서 치르기로 했기 때문에 동료들은 제대로 먹을 수 있을 것이라 기대했다. 황소가 초대한 뷔페는 예상대로 실망감을 주지 않을 만큼 다양한 음식이 차려져 있었다. 동료들은 황소와 송아지를 보며 많이 닮았다고 덕담을 했다. 송아지가 연필을 잡자 머리가 커서 앞으로 공부를 잘해서 크게 성공할 거라며 황소에게 축하의 말도 아끼지 않았다.

음식을 먹을 즈음 황소가 다른 동료들이 들으라는 듯 뷔페는 1인당 10만 원으로 맛있는 음식이니까 맘껏 드시라고 권했다. 가족까지 함께 온 토끼와 노루는 너무 비싼 값에 음식을 먹어야 할지 말아야 할지 고민했다. 황소는 큰 눈을 멀뚱멀뚱하며 내심 축의금을 기다렸다.

자기만 아는 늑대는 3만 원을 주고 게걸스럽게 음식을 먹었다. 황소는 늑대를 벌레 보듯 인상을 찡그리며 마땅찮아 하였다. 늑대는 그런 황소의 시선을 신경 쓰지 않았다. 토끼는 갑자기 핸드폰을 받더니 황급히 뷔페를 뛰쳐나갔다. 그리고 돌아오지 않았다.

착한 노루는 조금 먹으면서도 가족 수에 따라 비용을 황소에게 주었다. 황소가 그럴 필요 없다고 하면서도 냉큼 돈을 받았다. 황소는 뷔페를 찾은 손님들 옆에서 뷔페 직원처럼 수납하기 바빴다. 이윽고 돈을 모두 받자 황소는 동료들이 먹든지 가든지 전혀 신경 쓰지 않고 송아지를 쫓아다니며 잘도 놀았다. 뷔페에서 나오자 동료들이 돈만 아는 놈이라며 황소를 욕하였다. 염소의 표정이 어느 때보다 어두워졌다.

며칠 후 염소 부장이 손님을 초대했을 때는 어떻게 해야 하는지 보여주려고 일부러 동료들을 집으로 초대했다. 직장 동료들은 그동안 집들이 때문에 속이 많이 상했던 터라 가기 싫었지만, 부장의 초대에 할 수 없이 응했다. 상사의 집들이라 동료들보다 훨씬 값비싼 선물도 준비했다.

그러나 동료들의 우려와 달리 염소 집을 들어서자 진수성찬이 푸짐하게 마련되어 있었다. 염소는 며칠 동안 집사람이 손수 준비한 거라며 맘껏 먹으라고 했다. 환호성을 지르며 오랜만에 포식할 것을 생각하며 들떴지만, 한편으론 뭔가 추가적으로 요구할 것 같아 불안했다.

염소는 그런 동물들의 의심을 눈치채고 동물을 초대하면 음식이 모자라지 않도록 푸짐하게 하는 것이 중요하다며 그동안 집들이한 동물들의 경솔함을 간접적으로 질타했다. 염소의 이야기에 동물들이 안심하였다. 늑대와 토끼 그리고 황소가 자신의 행동을 반성하는 듯한 표정을 지었다. 동료들은 정말 오랜만에 포식할 수 있겠다는 생각에 군침이 돌았다.

그러나 동료들이 맛있는 음식을 먹으려는 순간 하마, 코뿔소, 코끼리, 사자가 우르르 집으로 왔다. 염소는 옛날에 같이 운동하는 친구들이라고 소개했다. 동료들은 갑작스런 동물들의 방문에 당황했다.

염소가 오늘 음식도 넉넉하고 해서 그동안 소원하게 지내던 친구들도 집으로 불렀다며 함께 식사하자고 했다. 염소의 친구들은 모두 사회에서 높은 자리에 있는 듯했고, 특히 코뿔소는 TV에도 자주 나오는 유명한 동물이었다. 염소는 자기 친구들도 은근히 동료들에게 자랑하고 싶었던 모양이다.

동료들은 염소의 행동에 실망했지만 어쩔 수 없었다. 그런데 친구들의 덩치가 너무 컸다. 도저히 함께 앉아서 먹을 공간이 없었다. 염소는 동료들에게 덩치도 작고 나이도 어리니 작은 방으로 들어갈 것을 권했다. 결국 거실에는 염소 친구들만 앉게 되었다.

눈치를 보며 접시에 간신히 음식을 담아 작은 방으로 오던 노루는 하마터면 코끼리한테 밟혀 죽을 뻔했다. 제법 덩치가 큰 황소도 코뿔소와 서로 인사를 하다 코뿔소에게 받혀 상처를 입기도 했다. 토끼는 발을 헛디뎌 넘어지면서 하마 입에 들어갈 뻔했다. 심지어 식탐 많은 늑대조차 한참 선배인 사자의 눈치를 보다가 체하는 바람에 먹지도 못하고 식은땀만 줄줄 흘렸다.
염소도 집이 북적거리는 것이 짜증이 나는지 동료들

이 빨리 나가 주기를 바라는 눈치였다. 동료들은 음식을 먹는 둥 마는 둥 쫓기다시피 집에서 나왔다. 염소는 말로는 좀 더 놀다 가라고 했지만, 얼굴은 환하게 피어나고 있었다.

동료들이 인사한다고 아파트 좁은 복도에서 우왕좌왕거리자 염소가 서둘러 엘리베이터 버튼을 눌렀다. 엘리베이터가 올라오자 염소가 현관문을 반쯤 닫으며 멀리 안 나간다며 손을 흔들었다. 동료들은 저마다 입에 거품을 물고 염소를 욕했다.

인간 관계는 이성보다 오히려 자존심과 허영심에 의해 움직이는 것 같다. 관계를 회복시키기 위해서 우리가 변화시킬 수 있는 것은 상대방이 아니라 우리 자신이다.

매운탕거리들의
질퍽한 전쟁

깊은 산골 조용한 저수지에 물고기 나라가 있었다. 긴 수염과 큰 입을 가진 메기는 호시탐탐 저수지를 노리는 물뱀과 개구리 떼의 습격을 언제나 앞장서서 막아 왔다. 지금처럼 저수지가 깨끗하고 평화롭게 유지될 수 있었던 것은 메기의 몸을 아끼지 않은 헌신과 노력이 있었기 때문이다.

저수지의 왕이었던 잉어는 메기의 구국 충정을 헤아려 메기에게 대장군의 칭호를 내렸다. 권문세족인 붕어들이 왕의 신임을 한 몸에 받는 메기의 독주에 심기가 불편했지만, 마땅한 대안도 없었다. 물론 저수지에는 메기와 힘을 겨룰 만한 쏘가리와 가물치가 있었지만, 이 물고기들은 깊은 바위와 진흙 속에서 세상과 담을 쌓고 은둔하며 지냈다.

그러던 어느 날 저수지에 한 번도 본 적이 없는 낯선 물고기가 나타나 물고기들을 공포의 도가니로 몰아넣었다. 큰 입을 가진 베스라고 불리는 낯선 외래종이었다. 베스는 순식간에 저수지 이곳저곳을 점령하며 닥치는 대로 물고기를 해쳤다. 저수지 외곽에서 개구리 떼의 습격을 막던 동자개 장군이 지느러미 하나가 떨어져 나간 채 비틀거리며 잉어에게 다급한 목소리로 현장 상황을 알렸다.

"전하! 지금 외곽에 있던 성들이 베스라 불리는 외래종에 속속 무너지고 있습니다. 속히 대책을 강구해야 합니다."

동자개는 울면서 잉어에게 하소연했다.

"속히 메기 대장군이 출정해야 합니다. 지금 저수지

는 바람 앞에 등불입니다."

붕어 대신들이 이구동성으로 잉어에게 고했다.

"하지만 전하! 제가 출격하기 전에 일단 베스라는 물고기가 어떻게 생겼는지, 얼마나 포악한지를 알아야 합니다. 적을 알아야 물리칠 수 있습니다."

메기가 심각한 표정으로 왕에게 고했다.

"장군! 지금 나라가 이토록 위급한데 언제 적을 파악해서 공격한단 말이요. 지금 당장 나가서 베스의 목을 가져오시오."

붕어들은 혹 자신들이 다칠세라 다급하게 말했다.

"전하! 빨리 메기 장군을 전장에 보내어 이 저수지를 구하게 하소서."

붕어들이 머리를 조아리고 잉어에게 읍소했다.

"대신들이 하나같이 빨리 나가라고 하니 메기는 그렇게 하라."

"전하! 무작정 나가 싸울 것이 아니라 저에게 이길 방도를 생각할 시간을 주십시오."

메기가 잉어에게 읍소하자 가장 높은 권력자인 탐욕

으로 가득 찬 노쇠한 총리대신 떡붕어가 벼락처럼 화를 냈다.

"전하! 지금 메기가 전하에게 반역을 꾀하고 있습니다. 만약 지금 당장 싸우러 나가지 않으면 전하의 어명을 거역하는 것으로 충성심이 의심되오니 이 자리에서 참수해야 마땅합니다."

떡붕어의 말에 붕어들이 모두 "옳소."를 외치며, 메기 장군을 째려보며 빨리 나가라고 했다.

메기 장군은 왕과 신하들의 강요에 할 수 없이 모래무지 일백 마리, 피라미 이백 마리, 버들치 삼백여 마리를 이끌고 베스가 있는 곳으로 떠났다. 그러나 이제 노쇠한 메기가 한 번도 본 적이 없는 포악한 베스를 이길 수 있을지 장담할 수 없었다.

메기는 베스에 의해 처참하게 폐허가 되어 버린 마을을 보며 깊은 한숨을 쉬었다.

여기저기 베스에게 물리고 상처 입은 물고기들이 바닥에 즐비했다. 메기가 상처입은 물고기를 둘러보며 시

름에 잠겨 있는 사이, 엄청난 크기의 입을 가진 베스가
순식간에 나타났다. 베스는 생각보다 훨씬 몸이 컸다.
베스는 단번에 메기를 잡아먹을 듯이 다가왔다. 노쇠한
메기는 병사들과 전력을 다해 베스에게 저항했지만 역
부족이었다. 베스의 공격에 메기는 꼬리에 심한 상처를
입고 수 많은 물고기들을 잃은 후에 가까스로 궁궐로
돌아왔다. 메기 장군의 패배는 충격이었다.

붕어들은 잉어에게 빨리 몽진을 해야 한다며 야단법
석을 떨었다. 그때 노쇠한 떡붕어가 미간을 찌푸리더니
깊은 생각에 잠겼다가 말했다.

"이 저수지에서 갈 데가 어디 있단 말이요? 싸워서 이
기는 방법밖에 없습니다. 전하! 신이 알기로 비단 바위
밑에 사는 쏘가리는 그 힘이 고래와 같고, 용맹은 육지
의 사자를 능가하고, 민첩함은 하늘에 독수리보다 빠
르다 했습니다. 어서 비단 바위 밑에 사는 쏘가리를 데
려와야 합니다. 이 저수지가 외래종에 의해 풍전등화의
위기에 처했으니 천하의 능력있는 물고기는 저수지의

생존과 평화를 위해 마땅히 나와 싸워야 할 것이요. 우리 신하 가운데 그래도 쏘가리와 견줄 수 있는 물고기는 메기장군 뿐이니 그를 속히 쏘가리에게 보내어 이 저수지를 구해야 합니다. 전하! 통촉하여 주시옵소서."

노쇠한 떡붕어는 늙은 입을 힘겹게 뻐끔거리며 잉어에게 머리를 조아리며 간곡히 청했다. 시름에 잠겨 있던 잉어의 눈이 순간 반짝였다.

"예부터 선조들께서 우리 저수지에 신출귀몰한 물고기가 비단 바위 밑에 산다고 듣기는 하였지만, 실제로 본 적은 없소이다. 쏘가리도 응당 이 저수지의 백성이니 나라가 위기에 처함에 분연히 일어나 과인과 백성을 지켜야 한다. 메기 장군은 지금 당장 비단 바위로 가서 쏘가리 장군을 설득하여 데려오라!"

메기는 아픈 꼬리를 부여잡고 저수지의 물고기를 구해야겠다는 충정으로 비단 바위로 향했다. 비단 바위 근처에 이르자 쏘가리는 황급히 바위 속으로 들어가 버렸다. 메기는 쏘가리를 향해 저수지가 한 번도 본 적 없는 외래종의 습격으로 위기에 처했으니 어서 나와 이 저수지를 지켜달라고 눈물로 하소연했다. 메기의 간곡한 외침에 쏘가리의 목소리가 바위 속에서 은은하게 울렸다.

"당신은 저수지를 위해 아무것도 하지 않고 자기의 안일만 챙기는 잉어와 붕어를 위해 왜 그렇게 바보처럼 사는가? 나는 그들을 위해 싸우지 않을 것이니 물러가시오."

쏘가리의 목소리가 바위틈에서 쩌렁쩌렁 울렸다.

"쏘가리 장군! 난 그들을 위해서가 아니라 이 저수지에 사는 물고기들을 너무나 사랑하기 때문에 이 저수지를 위해 평생 살아왔소. 지금 베스라는 외래종이 저수지의 물고기를 닥치는 대로 먹어 치우니 선생에게도 곧 그 위기가 닥칠 것이요. 이 저수지를 사랑하는 것은 그대 또한 나와 마찬가지일 것이라 믿소. 어서 그놈을 물리쳐 주시오."

메기의 간곡한 부탁에 쏘가리가 드디어 바위에서 나왔다.

"미련하고 우직한 메기 같으니라고. 내 잉어와 붕어를 위해서가 아니라 자네의 그 마음을 높이 여겨 나오네만, 앞으론 그렇게 살지 말게나."

쏘가리는 이 한마디를 남기고 비호처럼 물길을 가르고 궁궐로 향했다. 쏘가리의 등장에 잉어와 신하들은 그 괴기한 모습과 위풍당당함에 사지를 부르르 떨었다. 붕어들은 저마다 궁궐 틈으로 숨기에 바빴다. 잉어는 어찌할 바를 몰라 눈만 껌뻑거리며 망부석이 된 듯 자리에 멈춰 있었다.

"전하! 신 쏘가리 전하의 명을 받잡고 왔나이다."
쏘가리가 무릎을 꿇고 잉어에게 예를 다하자 그제서야 틈에 들어갔던 붕어들이 하나둘 고개를 삐죽거리며 살금살금 밖으로 나왔다. 잉어는 아직도 이 상황이 믿기지 않는 듯 연신 딸꾹질을 하며 눈만 꿈뻑였다.
그때 노쇠한 떡붕어가 교만스러운 주둥이로 공포에 떠는 듯한 목소리로 머리를 조아리고 잉어에게 고했다.

"전하! 쏘가리가 왔습니다. 어서 대장군에 임명하고 분부를 내려 저 외래종을 물리치라고 명하소서."

잉어는 그제서야 굳었던 몸을 조금씩 풀고 떨리는 목소리로 애써 쏘가리에게 명령했다.

"그대를 대장군에 봉하니 지금 바로 나가 저 외래종을 물리쳐라."

"네, 전하."

쏘가리는 잉어의 명령을 받자마자 궁궐을 떠나 메기와 함께 베스가 있는 곳으로 달려갔다. 그가 일으킨 산더미 같은 강한 물보라에 잉어와 붕어들이 바닥에 쓰러졌다.

"방금 우리가 무엇을 본 것인가?"

잉어는 아직도 눈만 빼꿈거리며 믿기지 않는 듯한 표정으로 붕어들을 보았다. 붕어들은 연신 신음소리를 내며 여기저기 흩어져 있었다.

"저놈이 베스를 물리치고 오면 반드시 척살해야 종묘사직을 유지할 수 있습니다. 이렇게 큰 물살을 일으키며 전하와 우리를 능멸하다니 살려 둬서는 분명 반역을 일으킬 것입니다."

노쇠한 떡붕어와 그를 추종하는 붕어들은 쏘가리가 자신들의 안위에 해가 될 것 같아 잉어에게 쏘가리를 모함했다.

얼마 후 쏘가리는 이제껏 본 적 없는 대형 물고기를 만났다. 과연 메기 장군의 말대로 한눈에 보기에도 커다란 입을 가진 베스는 괴물처럼 보였다. 베스는 마치 쏘가리를 기다렸다는 듯이 질풍노도처럼 거침없이 다가왔다. 베스의 날카로운 공격에 쏘가리는 제대로 힘을 쓸 수 없었다. 베스와의 치열한 공방이 계속되는 가운데 쏘가리가 베스의 큰 입에 턱이 물리더니 힘없이 바닥에 떨어졌다.

베스는 쏘가리를 이겼다는 승리감에 취해 포효했다. 베스는 쏘가리의 몸을 갈기갈기 찢어 먹었다. 이 모습을 지켜보고 있던 메기는 차마 쏘가리 근처에 가지 못하고 후일을 기약하며 눈물을 머금고 궁궐로 돌아가

이 사실을 전했다.

붕어들은 쏘가리의 죽음은 아랑곳하지 않고 베스를
죽이지 못하고 도망쳐 온 메기를 무능력한 물고기라며
저런 물고기를 대장군으로 대접한 게 답답하다고 한탄
했다. 메기는 붕어들에게 "너희들은 저수지를 위해 한
게 뭐가 있냐."고 되묻고 싶었지만, 당장 베스를 물리
치는 것이 급선무였다.

그때 떡붕어가 붕어들에게 잉어를 포박하라고 명령
을 내렸다. 잉어가 벼락처럼 화를 내며 완강히 저항했
지만 잡혀 떡붕어 앞에 섰다.

"총리! 이게 무슨 짓인가?"

잉어가 떡붕어를 추상처럼 꾸짖었다. 그러자 총리는
갑자기 잉어의 뺨을 때렸다. 놀란 잉어가 큰 눈을 두리
번거리며 어이없는 표정을 지으며 떡붕어를 보았다.

"네가 지금 우리 저수지를 그렇게 망쳐놓고도 왕이라
할 수 있겠느냐? 모두가 너 때문에 우리가 절체절명의
위기를 맞았다. 우리는 베스에게 너를 바치고 우리의

왕으로 모셔 저수지의 평화를 이룰 것이다."

잉어가 배은망덕한 역적 물고기들이라며 연신 소리쳤지만 공허한 메아리에 불과했다.

이때 메기가 꼬리를 비틀거리며 떡붕어 앞을 가로막았다.

"이게 무슨 짓이냐? 어서 전하를 풀지 못할까?"

메기의 분노에 떡붕어와 붕어들이 움찔하며 뒤로 물러섰다. 떡붕어가 호위 무사인 동자개들에게 명령했다.

"어서 메기를 포박하라! 저놈도 같이 베스에게 바쳐야 하겠다."

동자개들이 일제히 달려들자 몸을 다친 메기도 포박되고 말았다.

"이 모두가 희생을 줄이고 이 저수지를 지키기 위함이다."

떡붕어가 고뇌에 찬 결정을 내렸다는 듯 붕어들을 둘러보았다. 붕어들이 그제서야 안도의 한숨을 쉬었다.

동자개와 납자루떼의 삼엄한 경계 속에 잉어와 메기가 감옥으로 압송되었다. 잉어는 심한 배신감에 몸을 떨었지만 어쩔 수 없었다. 자신은 상징적인 존재로 모든 권력은 권문세족인 붕어에게 있음을 그는 잘 알고 있었기에 세대교체를 하지 못한 자신을 원망하며 고개를 떨어뜨렸다.

그때 메기가 뭔가 결심을 한 듯 귓속말로 잉어에게 말했다.

"전하! 소신에겐 아직 할 일이 남았습니다. 가물치라면 능히 베스를 물리칠 수 있을 것입니다."

"가물치? 그는 성질이 포악해서 우리에게도 적대적인 물고기가 아니던가? 그런 물고기가 우리를 도와주겠는가? 아~ 희망이 없구나."

"그러나 가물치도 우리 저수지의 물고기이니 능히 외래종의 침입에 나설 것입니다. 제가 모시고 오겠습니다. 돌아와 저 역적 떡붕어 무리와 베스를 처단하겠습니다."

"최후에 수단이기는 하지만, 지금 이렇게 묶여 있는

데 어떻게 여길 탈출한단 말이냐?"

잉어가 포승에 꽁꽁 묶여 있는 메기를 보여 한숨을 지었다.

"그래도 이 저수지의 대장군입니다. 이깟 포승줄은 단숨에 끊을 수 있습니다. 부디 옥체를 보존하소서."

메기는 긴 수염을 이용해 동자개 무리의 칼을 빼앗아 포승줄을 끊고 순식간에 도망쳤다. 떡붕어가 메기를 잡으라고 소리쳤지만, 메기는 어둠 속으로 사라졌다.

"에잉! 저놈도 자기 살려고 왕을 버리는구나. 잉어야! 봤니? 다들 자기가 중요해. 왕은 무슨 왕이야. 너도 알겠지만, 우리가 네가 좋아서 너 왕 시켜났니? 우리 붕어들 편히 살자고, 그래도 허우대가 제일 좋은 너를 세워났잖아. 그동안 왕 놀이 하니 재밌었어? 포동포동 살찐 너를 비롯해 너의 가족들을 베스에게 바치면 우린 쭉 편히 살 수 있어."

떡붕어가 잉어 면전에서 조롱하였다. 잉어가 분노의 눈빛을 보내지만, 부질없다.

한편, 메기는 빛이라고는 찾아볼 수 없는 저수지 깊은 곳으로 내려갔다. 침침한 암흑은 어떤 물고기도 살지 않을 것 같은 음산함을 풍겼다.

메기는 간절하게 가물치를 불렀다. 그러나 그 어디에도 가물치의 모습은 보이지 않았다. 메기는 좌절했다. 남아 있는 물고기는 베스의 노예가 되어 죽음을 기다리며 살아갈 수밖에 없다고 생각하니 눈물이 앞을 가렸다. 베스에게 물린 상처로 살점이 떨어져 나가는 고통과 저수지를 지키지 못한 죄책감에 메기는 괴로웠다.

떡붕어와 붕어들의 반란에 분노가 치밀어 올랐지만, 그의 몸이 따라주지 못하였다. 메기는 정신이 아련해지더니 바닥으로 서서히 떨어졌다.

바로 그 순간 메기의 몸이 묵직한 무언가에 이끌려 동굴 속으로 사라졌다. 정신을 잃고 얼마나 지났을까? 찬찬히 눈을 떠보니 바로 애타게 찾던 가물치가 눈 앞에 있었다.

"가물치! 지금 저수지는 풍전등화의 위기에 처했소. 베스라는 외래종의 침입으로 쑥대밭이 되었소. 떡붕어와 붕어 무리들은 왕을 포박하여 베스에게 바치겠다고 떠났소. 나도 그 틈에서 간신히 빠져나와 이렇게 도움을 청하러 왔소이다. 쏘가리도 분연히 떨치고 일어나 그 괴물과 싸웠지만 처참하게 죽었소. 가물치! 이제 그대의 도움이 필요하오.”

“내가 그대를 구해 준 건 그나마 왕궁과 이곳 저수지 깊숙한 곳에 있는 나와의 소통을 위해 애써 온 그 옛날 나와의 친분 때문이요. 그대의 우직함이 나를 어두운 동굴 속에서 불러냈소.”

“가물치! 우리가 그대를 배척한 것은 당신이 두렵기 때문이었소. 그대도 알다시피 붕어들은 당신의 이름만 들어도 경기를 일으킬 정도로 싫어하오. 그러나 그대도 이곳 저수지에 살고 있으니 같은 백성이고 가족이요. 이제 저수지는 당신 손에 달렸소. 내 마지막 부탁이니 도와주시오.”

뼛속까지 스며든 상처로 메기는 정신을 잃어갔다.

“이보시오! 메기! 정신 차리시오!”

“난 참 바보처럼 살았소. 그러나 다시 태어난다 해도

난 이렇게 했을 거요. 희생 없이 평화는 찾아오지 않고, 누군가는 그렇게 해야… 가물치! 부탁하오."

가쁜 숨을 내쉬는 메기의 튀어나온 눈자위에 눈물이 흘러내렸다. 가녀리게 흐느적거리던 메기의 수염이 가물치의 지느러미에 맥없이 떨어졌다.

가물치는 저수지를 지키기 위해 목숨을 바친 메기의 충정을 받아들이고 궁궐로 향했다. 궁궐에 도착하자 잉어가 베스 앞에 머리를 조아리고 있었다. 붕어들은 베스의 양옆으로 서서 연신 고개를 까딱거리며 아양을 떨고 있었다. 가물치를 본 베스가 긴장하며 자리에서 일어났다.

"저놈! 가물치가 아니더냐? 여기가 어느 안전이라고 네가 함부로 몸을 놀리느냐? 이 분은 새로 저수지를 이끌 베스 대왕님이시다. 어서 예를 갖춰라. 천하의 쏘가리도 우리 베스 대왕님한테 처참하게 죽었다. 어서 예를 갖추면 목숨만은 살려 줄 것이다."

노쇠한 떡붕어가 붕어들을 대신하여 가물치에게 으름

장을 났다. 베스가 흐뭇한 표정으로 붕어들을 둘러보며 가물치가 고개를 숙이고 들어오기를 기다렸다.

"이놈들! 자신의 안위만 생각하는 나쁜 물고기들 같으니라고. 토종 물고기를 버리고 외래 물고기에 충성을 맹세한 쓸개도 없는 물고기들 같으니라고. 내 오늘 너희들 모두 혼내 주리라."

가물치가 눈에 불을 켜고 붕어들을 쏘아보며 으름장을 놓자 붕어들이 또다시 바위틈으로 저마다 살길을 찾아 흩어졌다.

"이런 듣보잡을 봤나? 토종은 외래종에 상대가 못돼. 어디 감히 작은 저수지 토종 주제에 바다 건너 큰물에 놀던 천하무적 나 베스에게 덤벼? 오늘이 네 제삿날인 줄 알아라."

베스가 자리에서 일어나 단숨에 가물치를 공격했다.

가물치가 긴 꼬리로 베스의 머리를 전광석화처럼 치더니 한입에 베스의 목덜미를 물고 늘어졌다. 베스가 고통에 몸을 파르르 떨더니 미동조차 없다. 베스의 붉은 유혈이 가물치의 입가에 불길처럼 번져 갔다. 가물치가 괴기스런 포효와 큰 물보라를 일으키며 베스를 바닥에 내리쳤다. 그리고 다시 베스의 몸뚱이를 물더니 사방으로 찢어버렸다.

바위 속에서 이 광경을 지켜보던 붕어들이 공포에 질린 표정으로 입을 다물지 못하였다. 베스의 사체는 처참하게 살점이 뜯긴 채 궁궐 여기저기 흩어졌다.

"저수지를 지키기 위해 한평생 몸 바쳐 온 메기가 죽었소. 난 메기가 바보 같소. 당신은 메기가 당신들을 위해 목숨을 바쳤다고 생각하지만, 메기는 당신들이 아니라 저수지와 여기 사는 물고기들을 더 사랑했소. 부디 메기의 죽음이 헛되지 않기를 바라겠소."

가물치는 공포에 떨고 있는 잉어에게 메기의 뜻을 전달하고 다시 저수지 밑바닥 암흑 속으로 유유히 사라졌다. 순식간에 일어나 버린 일에 잉어는 털썩 바닥에 주저앉아 버리고 말았다. 베스가 죽었다는 소식을 듣고 붕어들이 바위틈에서 속속 나왔다. 그러나 노쇠한 떡붕

어는 보이지 않았다.

　그때 붕어 한 마리가 노쇠한 떡붕어를 발견하고 소
리쳤다.

　"여기 총리 떡붕어가 있습니다. 그런데 움직이질 않
습니다. 돌아가신 것 같습니다."

　노쇠한 떡붕어는 눈이 튀어나오고 입을 벌린 채 선 채

로 죽어 있었다. 노쇠한 떡붕어는 눈앞에서 벌어진 가물치의 용맹에 너무 놀라 심장마비로 죽었다.

조정의 중추를 이루고 있던 붕어들은 베스가 죽은 것도 좋지만, 덕분에 눈엣가시였던 메기와 사사건건 관섭했던 노쇠한 떡붕어가 죽었다는 소식에 환호성을 질렀다.

붕어들은 한 마리도 희생자가 없었다. 붕어들은 이제 누가 총리를 할 것인가를 고민했다. 베스를 막기 위해 모질게 싸워 온 피라미와 납자루의 희생에 대한 위안도 없이 붕어들은 서둘러 궁궐 재건을 다그쳤다. 붕어들만 저수지에 평화가 왔다고 기뻐하였다.

잘못을 저질러 놓고도 남을 탓하고 결코 자신의
잘못을 인정하지 않는 게 인간이다. - 데일 카네기

친구, 그 참을 수 없는 가벼움

어릴 때부터 함께 자라 온 코끼리와 기린은 세상에 둘도 없는 절친한 친구다. 그날도 기린이 코끼리 집에 놀러 갔다.

"내가 그렇게 매력이 없니?

코끼리가 거울에 얼굴을 바짝 붙였다 떼었다를 반복하며 혼잣말을 했다.

"이 정도면 괜찮은데. 코도 이만하면 쓸 만하고…."

코끼리가 만족한 표정을 짓더니 양손으로 자신의 뺨을 탁탁 쳤다.

"넌 하나하나 뜯어보면 잘 생겼는데, 전체적으로 보면 비극이지!"

기린이 잡지에 시선을 고정한 채 무심하게 말했다.

"넌 뭐 나보다 잘생겼냐? 몸에 비해 머리가 콩알만 해 가지고."

코끼리가 기린을 비꼬았다.

"그래도 난 요즘 대세야! TV도 안 보냐? 얼굴 작은 연예인이 대세야!"

기린이 또 코끼리를 무시했다.

"그래. 난 대갈장군이다. 넌 머리 작아서 좋겠다. 그 래도 인물은 내가 낫지?"

코끼리가 다시 거울 앞에서 만족스런 표정으로 요리조리 고개를 좌우로 까딱거렸다.

"하하하! 웃긴다."

기린이 잡지를 덮더니 크게 웃었다.

"뭐가?"

"아니 머리 작은 동물이 잘생겼지. 머리 큰 동물치고 잘생긴 동물이 어딨냐?"

기린이 코끼리 옆으로 다가서 함께 거울을 봤다. 코끼리는 아무리 생각해도 갸름한 얼굴의 기린보다는 머리가 좀 크긴 하지만, 이목구비가 뚜렷한 자신이 잘생긴 것 같았다.

코끼리와 기린이 누가 잘생겼지 하면서 옥신각신했다.

"그럼 우리 객관적으로 다른 동물한테 물어보자."

코끼리가 기린을 데리고 거실로 나왔다.

"너희 엄마한테 물어보게?"

"뭐 멀리 갈 것 있어? 엄마한테 물어보면 되지!"

코끼리가 엄마에게 물었다.

"엄마! 솔직히 나하고 얘하고 누가 더 잘생겼어?"

"당연히 네가 더 잘생겼지."

코끼리 엄마가 웃으며 이야기했다.

"거봐! 내가 잘 생겼다잖아."

코끼리가 의기양양했다.

"야! 너네 엄마니까 당연히 네가 잘 생겼다고 하지. 이건 말도 안 돼."

그때 코끼리 엄마가 기린의 머리를 쥐어박았다.

"아니. 왜 때리세요?"

"이 녀석, 어른이 말하면 들어야지. 버르장머리 없이."

기린이 문을 박차고 나왔다. 코끼리가 싱글벙글 웃으며 따라 나왔다.

"이젠 나 따라와!"

기린이 코끼리를 자기 집으로 데려갔다.

"너희 엄마한테 묻게?"

"너도 너희 엄마한테 물었으니 나도 물어야 공평하잖아."

"싫어."

"왜 자신 없어?"

"그게 아니라, 이번에 다른 동물한테 묻자."

"공평해야지. 빨리 따라와!"

코끼리가 풀이 죽은 채 기린 집으로 들어갔다.

"엄마! 코끼리랑 나랑 누가 더 잘 생겼어?"

기린이 기고만장한 표정으로 물었다.

"녀석 싱겁기는, 내가 보기엔 코끼리가 더 잘 생겼는데."

청천벽력 같은 소리에 기린이 화를 냈다. 코끼리도 어안이 벙벙했다.

"엄마! 솔직히 얘기해요. 내가 더 잘 생겼잖아요. 코끼리 엄마는 코끼리가 잘 생겼다고 했단 말이에요."

"아무리 봐도 코끼리가 잘 생겼는데, 우리 코끼리 벌써 이렇게 컸구나."

기린 엄마는 웃으며 대수롭지 않게 말했다. 기린이 울면서 집을 나갔다. 코끼리가 당황한 표정으로 따라 나갔다. 그런데 괜히 기분이 좋았다.

"봤지? 너희 엄마도 내가 더 잘 생겼대. 이제 결정났지?"

울고 있는 기린 옆에서 코끼리가 의기양양하게 서 있었다.

"그래. 너 잘 생겼다."

기린이 승복을 하였다.

"그래 그럼 넌 잘생겼으니까 잘 생긴 친구하고 놀아. 난 이제 너랑 안 놀아."

기린이 휑하니 가 버렸다. 이후 기린은 코끼리를 만

나지 않았다.

고마! 됐니더. 그게 뭐라꼬? 답 없는 문제로 싸우지 맙시다.

돼지로
산다는 건

사람의 발길이 닿지 않는 깊은 산속에 돼지들만 사는 마을이 있었다. 돼지들은 산속에 흩어진 풀뿌리와 열매 등을 먹으며 행복하게 살았다. 그러나 딱 한 마리 욕심 많은 돼랑이는 항상 먹이 때문에 불만이었다. 한적한 오후, 낮잠을 자고 난 돼랑이가 입맛을 다시며 일어났다.

"아~ 배고파!"

돼랑이가 큰 하품과 함께 기지개를 켰다. 먼저 일어나 털을 다듬고 있던 돼순이가 돼랑이를 한심한 눈으로 바라보았다.

"그럼 먹이 구하러 나가면 되지. 찾아보면 지천에 널린 게 우리 먹이인데."

"칫! 그건 알지만, 맨날 먹이를 찾아서 먹어야 하니 귀찮아서 그렇지. 누가 끼마다 좀 챙겨주면 얼마나 좋을까?"

돼랑이가 발에 낀 먼지를 털며 한숨을 지었다.

"그거야 사람들한테나 가능하지. 나도 우리 할아버지한테 들었는데 사람들은 끼마다 사냥하지 않고 먹이를 저장해 뒀다가 먹는대."

"정말? 사람들은 정말 좋겠다. 매일 편하게 밥 먹을 수도 있고. 사람이랑 같이 살고 싶다. 그럼 때마다 실컷 먹을 텐데."

돼랑이가 긴 한숨을 쉬며 쏙 들어간 배를 만졌다.

"쓸데없는 소리. 사람들은 우릴 잡아먹는다고. 어서 움직이자. 나가서 뭘 좀 먹어야지. 나도 배고프다."

돼순이가 자리에서 일어나 앞장섰다.

"그래도 편하게 배부르게 먹으면 여한이 없겠다. 에구."

돼랑이가 넋두리를 하며 마지못해 일어났다. 돼지들

은 숲속 이곳저곳을 훑으며 먹을 것을 찾았다. 돼랑이와 돼순이 입가가 흙으로 지저분해졌다. 한참 땅을 뒤지던 돼랑이가 바닥에 침을 뱉더니 또 한숨을 쉬었다.

"아, 진짜 맛없다. 맨날 풀뿌리야. 아~ 지긋지긋해! 뭐 좀 맛있는 거 없나?"

"우리가 무슨 맛있고 없고를 따지냐? 아무거나 먹고 배만 채우면 되지. 이리 와 봐! 여기 뿌리 많은데."

돼순이가 땅을 파다가 돼랑이를 불렀다.

"너나 많이 먹어! 이 돼지야!"

돼랑이가 툴툴거리며 혼자 산을 내려왔다. 돼순이가 풀뿌리를 입에 문 채 안타까운 듯 고개를 흔들며 내려가는 돼랑이를 보았다.

"아유! 진짜! 이건 정말 사는 게 아냐. 버티는 거지. 무슨 수를 써야지. 한평생 이렇게 살 수는 없어. 아! 진짜 배고프다. 고기도 먹고 싶고…."

돼랑이가 내려오는데 어디선가 바스락거리는 소리가 들렸다. 돼랑이는 순간 늑대일지도 모른다는 생각에 바짝 긴장하며 수풀로 숨어 귀를 쫑긋 세웠다. 시간이 멈춘 듯 정적이 흘렀다. 돼랑이의 이마에 식은땀이 흘러내렸다. 돼순이랑 같이 있을 걸 후회가 밀려 왔다. 그때 수풀에서 들쥐 한 마리가 튀어나왔다.

안도의 한숨과 함께 다리에 힘이 풀렸다.

"휴! 십년감수했네. 저 녀석을 그냥! 너 오늘 잘 걸렸다. 안 그래도 고기 먹고 싶었는데."

화가 난 돼랑이가 들쥐를 쫓아갔다. 놀란 들쥐가 필사적으로 도망을 갔다. 돼랑이의 머릿속에는 오직 고기를 먹어야 한다는 생각밖에 없었다.

들쥐를 쫓아 얼마나 달려왔을까? 어느 순간 들쥐가 보이지 않았다.

"어디 갔지? 이 쥐새끼 같은 놈!"

주변을 아무리 뒤져봐도 돼랑이는 들쥐를 찾을 수 없었다.

"안 그래도 배고픈데. 괜히 힘만 뺐잖아. 제기랄."

돼랑이는 자리에 털썩 주저앉아 가쁜 숨을 내쉬었다.

주위를 둘러보니 낯선 환경이었다.

"여기는 어디지?"

순간 빨리 마을로 돌아가야겠다는 생각이 번뜩 들었다. 돼랑이는 반사적으로 일어나 왔던 길을 기억하며 되돌아갔지만, 걸어갈수록 자꾸만 낯선 곳만 나왔다. 그렇게 걷다 보니 길을 잃었다는 공포감과 함께 극심한 허기가 몰려왔다.

그때 어디선가 맛있는 냄새가 솔솔 풍겨 왔다. 돼랑이는 냄새가 나는 곳으로 허겁지겁 뛰어갔다. 그곳에는 맛있는 음식을 먹고 있는 생명체가 보였다. 돼랑이는 직감적으로 그 생명체가 사람이란 걸 알았다.

돼랑이는 너무 배가 고픈 나머지 바로 사람들 속으로 뛰어들어갔다. 갑작스런 돼지의 출현에 사람들이 혼비백산 도망을 갔다. 돼랑이는 생전 처음 맛보는 음식에 행복을 느꼈다. 사람들은 돼지가 게걸스럽게 먹는 모습을 숲속에 숨어 지켜봤다.

돼랑이는 사람들이 먹고 있던 음식을 다 먹은 뒤에도

배가 고파 주변을 두리번거렸다. 그때 숲속에 있던 한 사람이 고구마 하나를 던졌다. 돼랑이는 고구마를 날름 주워 먹었다. 사람들이 사과를 던지자 또 냉큼 받아 먹었다. 돼랑이는 자신에게 먹이를 주는 사람들이 좋아졌다. 순간 돼랑이는 사람들은 끼마다 사냥하지 않고 음식을 먹는다는 말이 생각났다.

순간 사람들과 함께 살면 먹이를 찾을 필요 없이 편하게 살 수 있을지도 모르겠다고 생각했다. 돼랑이가 사람들 곁을 떠나지 않고 자리를 잡고 앉았다. 사람들이 먹이를 던지며 천천히 돼랑이 옆으로 다가왔다. 돼랑이는 먹이를 더 달라고 애처로운 눈으로 사람들을 바라봤다.

"너! 우리랑 같이 살래? 그럼 먹는 건 우리가 챙겨 줄게."

무리 중 가장 나이 들어 보이는 남자가 돼랑이에게 조심스럽게 물었다. 돼랑이는 이들과 함께 살면 평생 먹이를 찾아다닐 필요도 없이 맛있는 먹이를 먹을 수 있을 것이란 생각에 고개를 끄떡였다.

"이야, 사람들 정말 좋네. 이렇게 친절한데, 돼순이는 소문만 듣고 잘 알지도 못하면서. 에구, 돼순이도 같이 왔으면 좋았을 텐데… 나 혼자 호강하려니 미안하네."

돼랑이는 같이 못 온 돼순이에게 미안한 마음이 들었다.

사람들은 돼랑이를 데리고 마을로 와 키웠다. 하루하루 늘어지게 잠자고 나면 언제나 먹을 것을 주고, 청소도 해 주는 사람들과 함께 사는 것이 꿈만 같았다. 먹을 걱정, 집 걱정 하지 않고 산다는 건 정말 꿈만 같았다.

그렇게 몇 달이 흐르자 살이 찐 돼랑이의 몸은 걸을 수 없을 정도로 커졌다. 힘들어 누워 있는 돼랑이에게 사람들은 친절하게 입에 먹이를 직접 넣어 주었다. 돼랑이는 사람들의 호의에 행복했다. 그리고 급기야 몸이 무거워 일어설 힘마저 없이 간신히 숨만 헐떡거렸다. 사람들이 웃으며 돼랑이 옆에 다가왔다.

"고놈 참 토실토실하게 살 잘 쪘네. 이 정도면 마을 잔치해도 되겠다. 굴러온 복덩이야. 허허허!"

돼랑이는 사람들의 소리를 듣고도 꼼짝할 수 없었다.

"돼순이 말이 맞구나. 사람들이 이제 날 먹을 모양이
군. 돼지가 배 터지도록 먹고 가면 행복하게 잘 산 거
지. 난 돼지잖아, 나답게 산 거라구."

그날 저녁 사람들은 살이 포동포동 찐 돼랑이를 맛
있게 먹었다.

어떻게 살 것인가는 본인 선택이다. 나에 대한
생각과 행동이 나를 결정한다.
공짜 치즈는 쥐덫에만 있다.

절대 고독

　의지와 상관없이 나는 언제나 혼자 있는 시간이 많다. 때문에 매일 오랜 시간 동안 절대 고독을 느낀다. 그렇다고 샘 하나 없는 메마른 황무지처럼 흙먼지만 날리는 건조한 날만 이어지는 건 아니다.

　어느 사색가는 혼자 있는 힘이 약하다는 것은 자유가 없다는 반증이라고 했다. 혼자 있는 힘을 가진 자만이 자유를 누릴 수 있다. 누군가를 애타게 찾아야 한다면 자유를 누릴 자격이 없다. 혼자 있는 시간을 무위와 사색으로 즐길 수 있는 힘을 길러야 한다. 시간이 쓰러지고 공간이 질식하는 상황에서도 절대 고독을 견딜 수 있어야 한다. 그래야 진정 자유로운 영혼을 가질 수 있다. 하지만 난 절대 고독을 매일 겪는다.

나에겐 사랑하는 연인이 있다. 같이 산책하고, 함께 자고, 밥을 먹는다. 이른 아침 잎새에 고인 이슬 한 모금을 훔치는 산토끼처럼 내 곁에서 곤히 잠든 그녀는 나만의 여인이다. 내가 세상을 살아가는 힘의 원천이기도 하다. 만약 그녀가 없었다면 살아갈 힘도 없이 난 절대 고독에 묻혀 진즉에 사라졌을지도 모른다.

그녀의 따뜻한 손길 하나, 스치듯 부드러운 숨결 한 줄기에 난 살아 있음을 느낀다. 난 그녀보다 항상 하루를 먼저 시작한다. 그녀가 눈을 뜰 때까지 그녀의 눈을 한없이 바라보는 것이 참 좋다. 그녀가 꽃잎에 발을 내딛는 나비처럼 파르르 눈을 뜨고 나와 눈을 마주칠 때 세상은 기쁨으로 충만했다. 그 순간 난 절대 고독에서 해방된다. 새로운 세상이 열린다.

그녀가 사랑스러운 눈빛으로 손을 뻗어 나를 안았다.

세상을 다 가진 듯 포근함과 나른함이 전해졌다. 이대
로 세상이 멈췄으면, 언젠가 죽음을 맞이한다면 이대
로 죽고 싶은 유혹에 빠질 만큼 감미롭다. 그녀의 보랏
빛 향기를 머금은 목소리가 귓가를 핥고 지나갔다. 난
미지의 동굴을 탐험하듯 그녀의 가슴속을 더 깊숙이
파고들었다.

얼마나 시간이 흘렀을까? 그녀가 나를 살짝 밀쳤다. 아직 그녀의 체온이 세포 곳곳에서 긴 파동을 지닌 너울처럼 울렁거린다. 매일 반복되는 이별이지만 낯설다. 그녀는 내 밥을 챙겨주고, 나랑 눈을 마주치고 진한 작별의 키스를 나눈 후 상냥한 미소와 함께 사라졌다.

떠나는 그녀의 뒷모습은 언제나 애잔하다. 그녀가 떠나고 절대 고독이 내 옆에 자리를 잡는다. 그녀와 몸으로 소통할 때 안정을 찾을 수밖에 없는 내가 하염없이 가련하다. 벌써 그녀가 기다려진다. 그녀가 올 때까지 난 오늘도 절대 고독을 감내하고 있다. 난 자유로운 영혼이 아니다. 나는 반려견이다. 그녀가 없다면 난 그냥 개다.

의존하고 기대는 사랑은 사랑이 아니다. 자유로운 사람만이 사랑할 수 있다.

달과 별

예쁜 별 하나가 다가왔다. 밤하늘에 별은 많았지만, 별은 나에게 그저 바라보는 대상이었다. 별님은 둥글게 생긴 나를 신기한 듯 바라봤다.

"넌 뭐니?"

예쁜 별이 말을 건네서 당황스러웠다. 가끔 내 주위를 지나는 별들은 있었지만, 말을 건넨 별은 처음이다. 가끔 용기를 내서 말을 걸어도 놀라 황급히 지나가는 별은 있었지만, 말을 먼저 건네는 별은 처음이다.

"저요?"

"그래 너!"

별은 마치 심문하듯 단호히 물었다.

"달이라고 합니다."

피의자처럼 경직된 얼굴로 대답했다.

"거참! 신기하게 생겼다. 근데 넌 얼굴이 왜 그렇게 크니?"

예쁜 별이 반말로 내 외모를 평가하자 기분이 상했다. 급기야 예쁜 별이 내 주위를 빙글빙글 돌며 아래위로 훑어보기까지 하였다. 너무나 당당한 별의 모습에 기분이 상했다. 비꼬며 퉁명스럽게 말을 던졌다.

"예쁜 별님은 어느 별에서 오셨어요?"

난 '별 희한한 별종이다.'라고 생각하며 물었다.

"됐고. 너 괜찮다. 마음에 들어, 나랑 사귀자."

예쁜 별이 당돌하고 저돌적으로 도발하자 더 위축되었다. 난 친구가 필요했지만, 예쁘지만, 무례한 별과는 친구가 되고 싶지 않았다.

"전 달이고, 당신은 별인데 어떻게 친구가 되나요?"

"야! 달이나 별이나 행성인 건 마찬가지야. 따지지 말고 그냥 사귀자! 내가 친구하자면 하는 거야! 너는 지구 옆에만 있어봐서 세상을 잘 모르지? 난 우주 곳곳을 여행해 봐서 네가 생각하는 이상으로 많은 경험을 했어. 알아두면 너한테도 좋아. 얼굴도 크고 얌전하고 착한 거 같아 맘에 들어. 친구 먹자!"

나는 우주의 온갖 좋은 기운은 다 흡입한 듯 거침없이 내뱉는 별님이 무서웠다.

"친구는 친하니까 말을 놓는 거야. 말 놔!"

말끝마다 명령조로 얘기하는 이 친구에게 더 밀리면 자존심도 무너지고 초라해질 것 같았다. 항상 혼자였으니 별이 떠나더라도 변할 것은 없었다.

"그래! 친구 해. 난 달님이야?"

"스스로 존칭하네. 네가 달님이면 난 별님이네. 호호호!"

예쁜 별이 까르륵 웃었다. 매일 혼자 밤하늘을 비추는 나에게 별님은 그때부터 친구로 다가왔다. 별님은 그날

이후 말동무가 되어 주었다. 지구 곁에만 있던 나에게 별님의 여행 경험담은 새로운 세상을 볼 수 있는 눈을 주었다. 별님은 예쁜 외모만큼이나 마음도 빛이 났다. 처음 만났을 때의 무례함은 만날수록 사라지고 오히려 그녀가 기다려졌다.

지구의 밤하늘에는 항상 내가 있어야 해서 다른 곳에 갈 수 없었지만, 낮에는 별님과 지구 곁을 잠시 떠나 가까운 다른 행성 여행도 다녔다. 별님이 아니었다면 엄두도 못 냈을 값진 경험이다. 항상 가까이 있지만 무심했던 지구 곁을 떠나 별님과 함께 떠나는 여행은 새로운 활력이고 그녀의 여행 이야기를 듣는 게 즐거웠다. 그렇게 얼마만큼의 시간이 흘렀을까?

어느 날 별님이 우울한 눈빛으로 말했다.
"예전의 달님이 아닌 것 같아."
별님의 눈시울에 눈물이 맺혔다. 순간 가슴이 덜컥 내려앉았다.

"난 그대로인데, 내가 변했다니 이해가 되지 않아."

별님은 내 말에 애써 화를 고르며 말을 이어갔다.

"널 처음 만났을 때 완벽한 동그라미였어. 그런데 지금 네 모습을 보렴. 그게 처음의 모습인지? 그리고 항상 멀리 우주를 여행 가자고 해도 지구에서 크게 벗어날 수 없다고 말하고."

그러고 보니 내 모습은 변해가고 있었다. 하현달을 거쳐 그믐달로 자꾸만 작아져 갔다.

"난 언제나 널 진실하게 대했어. 넌 날 속인 거야. 너의 정체성이 의심스러워."

"그건 오해야. 내 모습이 변한다는 이야기를 안 했구나. 난 저기 보이는 지구를 떠나서는 내 존재 가치가 없어. 내가 밤하늘에 떠올라야 지구에서 나를 기다리는 식물도 동물도 살 수 있어. 그래서 지구 멀리 떠날 수 없어. 나를 기다리는 생명들이 너무 많아. 내 모습도 지구를 따라 어쩔 수 없이 조금씩 변할 수밖에 없어. 결코 널 속이려 한 적이 없어."

"그럼 넌 나보다 지구를 더 좋아하는구나. 난 널 진심으로 좋아했는데 넌 아니였어. 넌 지구를 떠나서는 살 수가 없구나. 나처럼 떠날 수 있을 줄 알았어."

달님은 깊은 한숨을 쉬며 골똘히 생각했다. 별님이 떠날 것 같아 조바심이 났다.

"내 모습이 변했다고, 내가 지구를 떠날 수 없다고 많이 실망했니?"

별님은 말없이 고개를 끄떡였다.

"겉으로 내 모습이 변할지 몰라도 달이라는 나의 정체성은 변하지 않아. 네가 나를 처음 봤을 때 그 보름달도 시간이 지나면 다시 초생달과 상현달을 거쳐 다시 보름달로 돌아온단다. 겉모습만 보고 날 판단하지 않았으면 좋겠어. 그리고 지구와 나는 형제나 마찬가지야. 지구를 떠나라는 건 혈육의 정을 끊으라는 거와 같아. 내가 떠나면 지구는 암흑으로 변할 거야. 그럼 많은 생명들이 죽어. 난 그들을 살아가게 할 책임이 있어."

별님은 내 말을 듣고서도 어둠 속에서 제각각 빛나는

별들을 아련한 눈빛으로 바라보았다. 별님은 내가 지구 곁을 떠날 수 없다는 것에 크게 실망했다. 별님은 연민과 슬픔이 교차하는 눈빛으로 내 곁을 떠났다.

오늘 밤은 유난히 많은 별들이 반짝인다. 그렇게 별들이 많지만, 내 근처엔 별이 없다. 별님이 떠나자 내 주위는 더욱 고요해졌다. 오늘도 지구 곁에서 언제가 찾아올지 모르는 별님을 기다린다.

기다림과 사랑은 같다. 기다리지 못하면 사랑도 떠난다. 그의 결점까지 사랑할 때 사랑의 힘은 강해진다.

매미
고찰

매미가 새벽부터 발악적으로 울어댄다. 며칠째 이어
진 열대야에 스펀지처럼 축축해진 목덜미를 타고 매미
소리가 귓속을 잔인하게 파고들었다. 무더위와 매미
소리에 포위된 격정의 새벽, 절정은 끝을 향한 몸부림
이다. 유난히 뜨거웠던 여름도 이제 얼마 남지 않았다.

매미 소리는 우는 건지, 웃는 건지, 이야기하는 건지
듣는 사람에 따라 다르겠지만, 아마도 운다는 표현이
적절할 것 같다. 저마다 빽빽 고음으로 일관되게 발악
하니 분명 노래는 아닌 것 같다.

짝짓기를 위해 소리를 낸다고 하지만, 이 새벽! 사랑의 속삭임으로 듣기에는 고역이다. 여름의 끝자락으로 갈수록 매미 소리는 치열하다. 짝을 찾지 못하고 생을 마감할 것 같은 위기감과 초조함이 새벽을 달군다. 낮에는 너무 뜨거워서 시원한 새벽에 같이 경연을 펼치자는 무언의 합의가 있었을지도 모를 일이다. 암튼 살아 있는 것들은 뭐든 경쟁해야만 하는 세상의 이치를 거스를 수는 없다.

매미는 용기 있다. 크게 울면 오히려 새들의 표적이 되기 쉬울 텐데 두려워하지 않는다. 목숨을 건 사랑인지 욕정인지 본능인지 알 수 없다. 한편으로 생각해 보면 집단으로 울면 더 안전할 수 있다. 멸치떼, 청어떼처럼 힘없는 물고기는 뭉칠 때 세력이 된다. 홀로 독야청청 운다면 그 매미는 바로 새의 먹이가 될 것이다.

매미는 길게는 십여 년을 땅속에 있다가 여름 한철 살다가 생을 마감한다고 한다. 매미가 새벽부터 우는 이유는 지상에서의 삶이 너무나 짧아 시간을 허투루 보낼 수 없기 때문이다. 어쩌면 매미는 애벌레로 땅속에 있을 때가 더 행복했을 수도 있다. 적어도 이렇게 치열하게 경쟁하지 않아도 됐으니까 말이다.

매미는 입으로 울지 않는다. 배로 운다. 아니 온몸으로 운다는 표현이 적절할지도 모르겠다. 매미 배에 선명하게 패인 복근은 결코 우연이 아니다. 격렬하게 많이 운 매미일수록 복근은 더 깊다. 복근은 시련의 극복 결과다.

가끔 이른 새벽, 아파트 방충망에 붙어서 우는 놈이 있다. 정말 스피커를 바로 옆에 틀어놓은 듯 크게 울어 놀라서 깨기도 한다. 이놈은 필시 억울한 놈이다. 짝짓기를 못하고 나한테 화풀이하러 온 놈이다. 굳이 새벽 댓바람에 남의 집 방충망에 붙어 행패를 부리는 것은 내가 이 정도로 우렁찬 목소리를 갖고 있는데 짝짓기를 못한 서러움의 사자후다.

어쩌면 나를 인정해 달라는 간절한 메시지일지도 모

른다. 하지만 난 매미가 아니니 부질없다. 난 그놈을 포획해서 아이들 곤충체험 실험용으로 쓰거나 아무런 죄의식 없이 검지로 튕겨낸다. 살다 보면 피나는 노력도 성과로 이어지지 않는 경우도 많다. 세상은 언제나 공정하고 평등하지 않다는 것을 매미도 알면 위안을 삼겠지만, 그건 알 수 없다.

    그래도 이 여름에 매미가 있어서 여름은 더 풍요롭다. 매미 없는 여름은 소금 빠진 김치처럼 제맛이 느껴지지 않는다. 그리고 보면 세상에 존재하는 건 다 저마다 이유가 있다. 아침에 습한 더위와 매미 소리에 깨어 짜증이 나지만, 연중이 아니라 여름이니까 겪을 수 있는 일이다. 십여 년을 기다려 기껏 여름 한철 우는 매미에게 짜증을 낸 고등 생명체라 불리는 내가 부끄럽다.

    어쩌면 평생 규범과 제도에 얽매여 숨죽이며 살아가는 삶에 비해 여름 한나절 목청껏 울다 불꽃처럼 생을 마감하는 매미가 더 찬란한 인생이 아닌가 하는 생각도 든다.

    당신은 그렇게 목청껏 간절히 울어본 적이 있나요?

쓰레기

매서운 칼바람이 골목에 나타났다. 비닐봉지와 종이 포장지가 순식간에 튕기며 벽에 부딪혔다 내려앉기를 반복했다. 짧은 순간 숨소리조차 들리지 않는 적막, 칼바람은 골목길을 차갑게 쏘아보더니 순식간에 사라졌다. 차가운 침묵이 골목길을 휘감았다. 바람이 사라지자 쓰레기가 벽에서 맥없이 떨어진다.

"언제까지 이렇게 살아야 하는 거지? 이 골목을 벗어나고 싶다."

쭈글쭈글해진 비닐봉지가 체념한 듯 가늘게 읊조렸

다. 아무렇게나 짓밟힌 포장지의 몰골은 태생이 종이인지, 쓰레기인지 분간할 수 없다. 이런 상황이 익숙한 듯 아무렇게나 널브러져 있는 그는 말이 없다.

한쪽 골목 귀퉁이에서 기괴한 웃음소리가 났다. 깨진 소주병이다.

"우린 사람들에게서 버림받은 것들이지. 아무렇게나 해도 되는 것들. 히히히."

깨진 소주병은 미친 것처럼 구석에서 낄낄거린다.

"기다려 봐. 언젠가는 내가 우리를 버린 그놈들한테 복수할 거야. 낄낄낄."

불빛에 반사된 깨진 소주병의 눈빛이 날카롭다.

빈 맥주 캔이 찌그러진 몸을 늘어뜨린 채 벽에 기대고 있다.

"내일 아침에는 제발 여길 벗어나야 할 텐데…. 이렇게 매일 발에 차이는 고통도 이젠 지겹다. 빨리 안식을 찾고 싶어."

찌그러진 맥주 캔이 깊은 한숨을 내쉬었다.

"내가 볼 땐 말이야. 여기서 저기 미친 소주병외에는 웬만하면 다들 여기를 떠날 수 있을 거 같은데. 안 그래? 친구들!!"

골목길에 가장 많은 개체 수를 가진 담배꽁초 한 개비가 동료들의 의견을 구하자 꽁초들이 일제히 고개를 끄떡였다.

"아냐! 저기 바닥에 딱 달라붙은 껌딱지들이 제일 오래 있지 않을까?"

꽁초 하나가 수수께끼를 풀듯 고개를 갸우뚱거리며 제법 신중하게 말한다.

"껌딱지들은 여기 귀신이 되는 거지. 쟤들은 포기야. 이제는 형체를 알아보지 못할 지경이잖아. 씹히고 밟히고 제일 불쌍한 것들이지. 쟤들이 원래 하얗다는 게 믿겨져? 뭐 우리도 별반 다를 바는 없지만, 적어도 꽁초라도 남아 있잖아."

피다 만 장초가 껌들을 보며 거들먹거렸다. 시커멓게 변한 껌들은 미동조차 없다.

순간 칼바람이 정기적으로 순찰하는 무사처럼 또 골목길에 나타났다. 비닐봉지와 태생을 알 수 없는 포장지는 다시 허공에 뜨고 하릴없이 바닥에 몸을 처박았다.

"언제 내 의지대로 안식을 찾을 수 있을까?"

비닐봉지가 또 신세를 한탄했다.

"조금만 기다려. 다들 죽여버릴 거야. 낄낄낄."

깨진 소주병은 점점 더 미쳐가고 있었다.

순간 둔탁한 소리와 함께 맥주 캔이 허공에 뜨더니 골목 가장자리에 처박혔다. 캔을 힘껏 찬 행인이 눈으로 캔의 행적을 추적한다. 구석에 처박히자 흐뭇한 표정이다.

"잘 된 거야. 이렇게 좀 더 구석에 있으면 덜 차이니까."

맥주 캔이 고통에 일그러졌다.

삼삼오오 모여 담배를 피운 사람들이 꽁초를 버리고

그 자리에 침을 뱉었다. 침 세례까지 받고 떨어진 꽁초가 속속 등장한다. 침과 꽁초가 질펀한 거리는 한눈에 보기에도 지저분했다. 온전한 모습이라고는 찾아볼 수 없는 쓰레기들이 골목에 쌓여갔다. 하염없이 낄낄거리는 소주병의 웃음소리와 함께 밤이 깊어갔다.

칼바람은 예고도 없이 찾아오고 그때마다 쓰레기는 아무렇게나 내팽개쳐졌다.

"불이라도 났으면 좋겠다. 찢어지고 흠집 나고 더럽혀져 점점 추한 몰골로 변해가는 내 모습이 역겹다. 스스로 자신을 세상에서 지우고 싶지만 지울 수 없는 쓰레기의 운명을 벗어나고 싶다."

비닐봉지는 하루라도 빨리 자신이 세상에서 사라지기를 간곡히 기도했다. 새벽녘, 노쇠한 가로등만이 희미한 불빛을 비추며 아무도 관심없는 쓰레기를 물끄러미 지켜보고 있다.

바로 그때였다. 빗자루와 쓰레받기를 들고 나타난 사

333

람이 나타났다. 청소부다.

"에구! 뭔 쓰레기가 매일 이렇게 지저분하게 널려 있어. 좀 버리지 말지."

청소부가 투덜거리며 쓰레기를 한쪽 구석으로 모았다.

"어? 병이 깨져 있었네. 큰일 날 뻔했네. 누가 이렇게 병을 깼데? 에구~"

청소부가 조심스럽게 병 조각을 한 곳으로 모아 쓰레기통에 담았다. 깨진 소주병의 야망이 순식간에 사라졌다.

쓰레기를 모두 담은 청소부가 골목길을 벗어났다. 노쇠한 가로등이 일정한 빛으로 휑한 골목을 비춘다. 가로등은 안다. 내일 밤 이 골목에 또 어떤 일이 일어나는지를….

원래 삶은 누구에게나 어렵고 힘들다. 인정하자. 당신만 그런 게 아니다. 소크라테스 말처럼 인간 사에는 안정된 것이 하나도 없다는 것을 기억하 자. 그러므로 성공에 들뜨거나 역경이 닥쳤을 때 지나치게 좌절하지 말자.

때 묻은 자! 나에게 와서
은총을 받을지어다

"어때 기분 좋지?"

말하지 않아도 표정에서 느낄 수 있다. 좋단다. 두 눈을
감고 몽환적 표정을 지으며 온몸으로 내 육수를 받아들이
는 사람들, 그들에게 난 천사다. 해변의 몽돌처럼 반들반
들하게 변하게 한다. 이쯤 되면 대충 짐작하는 사람들도
있을 것이다. 맞다. 그대가 생각하는 그것, 바로 샤워기다.

옛날에는 기껏해야 큰 대야에 물을 받거나 바가지로
퍼서 몸을 씻었다. 내가 나타나 그 번거로움을 덜었으

니 사람들의 사랑을 받을 만하다. 나는 독립된 은밀한 공간에 둘만 있는 경우가 많다. 알몸이지만 나를 보고 부끄러워하거나 주춤거리는 사람은 없다. 항상 당당하다. 그 모습이 참 좋다. 난 그들에게 말없이 물을 뿌려주며 먼지와 피로도 씻어준다. 간혹 본의 아니게 찬물을 뿌려 비명과 욕을 한 사발 먹기도 하지만, 이내 다시 고분고분 내게로 와 온전히 몸을 맡긴다. 양치질이나 비누칠을 할 때는 뿌옇게 변한 내 친구인 거울도 닦아주며 알콩달콩 은밀한 시간을 보낸다.

우리가 독립된 공간이 아닌 단체생활을 하는 곳도 있다. 목욕탕이다. 목욕탕에 있는 샤워기는 전투적이다. 일단 그 규모가 집과 견줄 바가 못 된다. 강한 물줄기를 내뿜는 샤워기는 언제든지 발포 준비가 완료된 무장 군인들처럼 적재적소에 배치되어 있다. 특히 샤워계의 종결자이자 대부격인 마사지 물줄기는 천지를 진동한다. 일사불란하게 각개전투 대형으로 샤워기 여기저기서 뿜어내는 수압과 소리에 경외감마저 든다. 물줄기를

맞으며 고통인지 신음인지 알 수 없는 사람들의 탄성과 어우러져 세기말적 분위기에 사람들은 압도당한다.

일부 사람들은 평소 집에서 쓰던 샤워 방식과 다르게 우리를 남용한다. 가장 흔히 볼 수 있는 것이 양치질하면서 우리를 계속 틀어놓는 것이다. 심지어 우리를 틀어놓고 본인은 물줄기를 피한다. 비용을 지불하고 온 보상심리일까? 우리가 가만히 쉬는 꼴을 못 보는 것일까? 왜 틀었을까? 풀리지 않는 의문이다. 그때마다 나는 허공에 하염없이 물줄기를 바닥에다 처박는다. 우리가 그렇게 미미한 존재인가? 오랜 시간 동안 의미 없는 물을 내뿜으며 그가 올 때까지 기다려야 한다.

최악은 샤워가 끝난 뒤 우리를 그냥 방치하는 것이다. 분명 샤워를 끝내고 자리를 떠났음에도 불구하고 우리에게 아무런 조치도 하지 않는 것이다. 정말 기분 나쁘다. 존재 자체를 무시하는 경우다. "고맙다, 잘 사용했다." 인사말을 들으려는 게 아니다. 그냥 꺼주면 되는

데 그냥 간다. 물이 차고도 넘치니 샤워기 하나쯤이야 틀어놔도 괜찮다고 생각하는가? 목욕탕 분위기 연출에 일조하려는 생각일까? 도대체 어떤 생각을 갖고 그렇게 무책임한 행동을 하는지 이해할 수 없다.

우리는 물이 있어야 존재한다. 물이 없으면 존재 이유가 없다. 사람들은 깨끗한 물로 몸을 씻기를 원한다. 아직 우리 몸에서는 깨끗한 물줄기가 나간다. 그러나 그 물이 몸이 아닌 바닥으로 부질없이 흘러간다면 우린 필요없다.

"물을 소중히 여기는 자만 나에게로 오라. 그대의 몸을 씻어 주리라."

샤워기 그냥 틀어 놓으면 마음이 편하신가요?
그 심리가 궁금합니다.

꽁초
선언문

우리나라에서 사람보다 많은 게 우리가 아닐까 싶다. 길을 걷다 보면 단 몇 발자국만 걸어가도 쉽게 우리를 발견할 수 있다. 동네는 물론이고 화단, 하수구를 비롯해 심지어 사람이 거의 다니지 않는 고속도로, 농로 주변에서도 우리는 있다. 어디 땅뿐이던가? 사람들이 자주 찾는 강가나 연못 주변, 계곡, 해변 바위에도 터를 잡았다. 간혹 비바람이나 공사로 인해 어딘가로 사라지긴 하지만, 기존에 버려진 것과 매일 새로 버려지는 것을 합하니 우리는 계속 증가하고 있다.

　나는 이 시대 공공의 적이라 할 수 있는 담배꽁초다.
여기서는 그냥 꽁초라고 하겠다. 우리를 좋아하는 사
람을 흔히 애연가라고 부른다. 꽤 낭만적으로 들리기도
한다. 한때는 상남자라면 당연히 피워야 하는 기호식
품처럼 관대히 여기던 풍토가 있었지만, 이젠 암을 유
발하고 마약처럼 정신건강을 위협하는 건강의 적이다.

　더욱이 종종 뉴스를 통해 산불이나 각종 화재의 원인
으로 지목되기도 하니 공공의 적이라 할 만하다. 흔히

백해무익하다고 하는데 곰곰이 생각해 보면 정말 이로운 것이 하나도 없다. 물론 마음을 안정시키고, 생각을 정리할 시간을 준다는 등 애연가들의 호사가 있지만 자기 합리화일 뿐이다. 난 직·간접적으로 사람을 파멸로 이끄는 나쁜 놈이다. 인정한다.

들어갈 땐 인체에서 가장 깨끗하다는 입에 물렸다가 버려질 때는 처참하다. 바닥에 던지고 가래침을 뱉고 발로 짓눌러 버린다. 처우가 천당과 지옥을 왔다 갔다 한다. 우리가 생을 마감할 때 소원은 딱 한 가지다. 우리의 공동묘지인 지정된 재떨이에서 마감하고 싶다. 담뱃갑에 있을 때처럼 깔끔한 모습을 원하지는 않는다. 태우고 그냥 재떨이에 비벼 꺼주기를 바란다.

전자꽁초도 이제 흔히 거리에서 볼 수 있다. 화재의 위험은 없어서인지 아무 곳이나 그냥 툭 던진다. 전자꽁초는 꽁초가 아니라고 생각하는 듯하다. 작아서 버릴 때 우리보다 죄책감을 느끼지 못하는 것 같다. 발로 비비지도 않아 형태가 고스란히 화단 위에 걸쳐지거나 건물과 거리에 나뒹군다. 단단해서 비가 와도 꽁초처럼 잘 희석되지 않는다.

본인과 타인에게 악영향을 미치는 담배는 살아서도 죽어서도 민폐. 적어도 버릴 때는 지정된 재떨이에 버려주길 간절히 바란다. 혹자는 웃으며 우리를 아무렇게나 버려줘야 그걸 치우는 사람들이 생겨나니 일자리 창출에 기여한다고 한다. 어처구니없는 궤변이고 말장난이다. 손톱만큼의 미안함도 느낄 수 없다. 길거리 구석구석에 널브러진 우리의 모습을 보고 싶지 않다. 꼭 재떨이나 휴지통에 버려주길 간곡히 바란다.

공중도덕(公衆道德)이 공중분해(空中分解)에 된 것 같습니다. 꽁초 좀 버리지 맙시다.